D菩薩峠

漫研夏合宿

藤野千夜

新潮社

目次

第一夜　おにいさまへ……　5
第二夜　おしおきしちゃうから！　36
第三夜　こいきな奴ら　67
第四夜　花ぶらんこゆれて……　105
第五夜　ススムちゃん大ショック　140
第六夜　共犯幻想　176
エピローグ　夏の終わりのト短調　233

D菩薩峠漫研夏合宿

第一夜　おにいさまへ……

1

　登山口からバンガローまで、少年たちの足で一体どれくらいかかっただろう。ずいぶん昔のことで、正直忘れてしまった。

　一時間か二時間か。

　それとも二時間半ほどだったか。

　ともあれ朝、都心のマンモス駅（とよく呼ばれた）から特急列車に乗り、県境を越え、バスに乗り換え、そこそこ長い道のりを揺られ、ようやく辿り着いた峠の登山口だった。

　そこからさらに半日もかけて山登りをしたとすれば、さすがにハードなスケジュールがしっかり記憶に刻まれたことだろう。

　だから長くても、せいぜい三時間といったところではないだろうか。

　そもそもその集まりは、登山を目的とするパーティではなかった。

以前にちょっと山岳部に所属していたというひとりをべつにすれば、遠足かハイキングのコースといった程度の認識だっただろうか、少年たちは誰も登山靴を履かず、ほとんどがスニーカーにジーパン、Tシャツに帽子といった軽装だった。

もちろん、わたしもそのひとりだ。

ただし全員が、その軽装には不似合いな、やたらと大きなリュックサックを背負っている。

青、赤、オレンジ、黄色、モスグリーン……。

色ばかりは思い思いの、揃ってぱんぱんに膨らんだ分厚い生地のリュックを背負った男子の数は、確か……十三人だった。一番年下が中学二年生。上が高校二年生。そこに大人の男性がひとり交じっている。

学校の部活の、夏合宿なのだった。

八月の山に登り、バンガローで一週間を過ごす。

大荷物なのは、そのせいだった。それぞれ自分の身の回りのもののほかに、一週間ぶんの食糧や、共用の生活用品なんかを分担して運んでいる。

さらには長期の合宿に最も欠かせないものとして、まとめるとずいぶんな重さになる「荷物」も、みんなで分け持っていた。

背の高い木々に囲まれた二メートルほどの幅の登山道で、わたしは足を止めた。つばの広いハットを脱ぎ、パステルカラーのコットンタオルで、ちょんちょん、ちょんちょんと額の汗を押さえる。気がつくと、前を行く同じ高一の部員、池田進が振り返ってこちらを見ていた。

すらりと背が高く、色白で目が大きい少年だった。

「前髪、切りすぎたんじゃないの」

池田進は、にやり笑いながら言った。

「そう？」

「短い」

「そうかな」

言うと、わたしは途端に恥ずかしい気持ちになった。

汗を拭ったばかりのタオルで、前髪をなでつける。渋谷の東急名画座で観た『ローマの休日』のオードリー・ヘップバーンに憧れて切った髪だったけれど、失敗だったかもしれない。

「うん。ソ連の宇宙飛行士みたいですよ。少佐」

同じ学年なのに、ときどき丁寧語の交じるのが、スノッブな彼の特徴だった。

「あ、その呼び方は」

やめてよ、と抗議する間もなく、池田進は、はっ、と短く笑った。

後続の人たちの邪魔になるから、とばかりにわたしにもっと道の端に寄るようにと手で示すと、自分はさっと踵を返し、木漏れ日のさす中、砂埃の立つ道を勢いよく歩きはじめる。

黒いTシャツにカーキ色のリュック。同じくカーキ色のキャップの下に、短く刈り込んだ襟足が覗く。

彼の言う少佐とは、ソ連の宇宙飛行士の階級ではなくて、つけられたばかりの、わたしのあだ名だった。

人気少女コミックのキャラクターに由来している。顎のしっかりした顔立ちが、ちょっと似ているから、とか。

数日前、合宿のための最後のミーティングに夏休みの部室を訪れると、いきなり少佐になっていて慌てたのだった。

由来そのものに不満はなかったものの、その響きの持つ厳つさには、正直あまり馴染めなかった。池田進のような、年季の入ったミリタリーマニアでもなかったし。

「少佐、もうバテたの?」

下から上がって来た高二の矢倉さんも、わたしを少佐と呼んだ。

さっきバスの中では、普通に苗字で呼んでくれていたのに。池田進が呼んでいるのが、聞こえたのかもしれない。

「おーい。へたるのはまだ早いぞ、少佐ちゃん」

つづく大越《おおこし》先輩も言った。この五月までサークルの部長役を務めていたその先輩とは、同じ沿線住まいで、駅も近い。よくふたりで帰る。

「少佐先輩、おしり大きい」

かわいい後輩、中三の小早川が言った。彼と同じ学年の美形少年、阿部森《もり》は目を伏せるようにして、すぐあとにくっついて行く。

その夏、早生まれのわたし、〈少佐〉は高一で十五歳だった。

もう三十五年も前になる。

◯

私立の男子校、あおい学園にわたしが入学したのは、それよりもさらに三年前の春だった。

都内、地下鉄日比谷線沿線にある中高一貫校で、難関、と言われる赤門の国立大学に毎年そこそこの人数が合格することで世間には知られていた。

といっても、わたしは小六になるまでまったく知らなかったけれども。かわりに親が知っていて、そういう学校があるよと教えてくれた。

会社の上司がそこの卒業生で、聞けばずいぶん自由な校風らしい。試しに受けてみたら、と。

そして受験した中学校の募集定員は三百人だったけれど、入ってみると中学一年には、五十四人のクラスが六つあった。

合計すると三百二十四人。

つまり二十四人は本来、定員外だったのかもしれない。

入学後、学校になじめないものを感じるとき、わたしは自分がその二十四人のひとりだとよく思った。

定員外なのにここにいるせいで、なんだかおかしな気持ちになるのだと。

もっとも、他の学年もだいたい同じくらいの人数だったから、少し多めに合格させ、入学させるのが、当時の学園の方針かトレンドだったのだろうけれども。

受験で有名なわりに、成績や勉強については、まったくうるさく言わない学校だった。高校での生徒募集はなく、六年間、毎年のクラス替えでシャッフルしながら、滅多にない落第や転校やその他の事情でいなくならない限りは、同じ面子《メンツ》で持ち上がって行く。

勉強をする者はするし、しない者はしない。

自由な校風とは聞いていたけれど、実際のところ想像した以上だった。

風紀面、施設面ではなおさらだった。

何年か前まで、生徒と学校理事が対立する紛争があったそうで、その影響も色濃く残っていたのだろう。校則はなく、運動会はなく、制服はあるけれど着なくてもよく、地下の学生食堂も閉鎖されていた。

日直が焼却炉にゴミを捨てに行くほかは、クラスの掃除当番もない。ランチを外に食べに行く生徒が多かったから、日中の出入りも完全に自由だった。

中学一年、十二歳から見れば、ただでさえ高校三年生ははるか大人だったけれど、当時の最上級生には、ラブ&ピースなのかグラムロックなのかグループサウンズ懐古なのか、ゆらゆらと長い髪を揺らし、カラフルでぴっちりしたシャツやパンツに身を包み、ヒールの高いブーツをかつかつと鳴らしながら歩くような人が大勢見受けられた。

もはや授業時間中かどうかも無関係に、校内をさっそうと歩くそういった先輩たちを、どうやらあまり授業に身の入らないタイプだったわたしは、よく教室の窓から見ていた。

あ、人がいる、と。

そしてその、あ、には、たぶんほんのりと憧れの色がにじんでいた。

2

休憩の指示がうしろから回って来て、前に大声で伝えると、はーい、と返事があった。

さらに伝言が前に進んで行くのが、遠く聞こえる。

色とりどりの大きなリュックを背負った少年たちの間には、さっきよりも距離ができはじめていた。

それぞれのペースで歩くうちに、徐々にばらけて来たように見える。勾配がいくらかきつくなるあたりでは、さすがに誰かと話そうという気持ちにもならないのだろう。ここまで運んで来たリュックの重みが、足腰に響くころでもあった。

ただ、行き過ぎと脱落を防ぐため、先頭としんがりだけは人が決められており、あとは途中途中、年長者や経験者が周囲に気を配っている様子だった。

やがて見晴らしのいい、平らな地点に出ると、先に到着した部員たちが寛いで固まっていた。

伝言がきちんと先頭まで伝わったのか。それともはじめから、そこで休憩の予定が立っていたのか。

リュックを道に下ろし、タオルで汗を拭いている者もいれば、荷物を背負ったまましゃがんでいる者、向こうの山に目を細めながら、水筒に口をつけている者もいる。

元山岳部で、この合宿に来るのも三回目になるという中村草生《くさお》は、チロリアン風の帽子を取り、いつもながらの気取ったポーズで、細い首をかしげて立っていた。

全身華奢なのが、だぼっとした登山服の上からでもわかる。髪型は前下がりのおかっぱ。

唇が小さく尖っているのは、得意の口笛を吹いているのかもしれない。曲はきっと、大好きな「キラークイーン」。というのは、聞こえなかったのでさすがにわたしの勝手な想像だったけれども。

その横に立ち、録音機能のついた8ミリカメラをこちらに向けているのは、サークルの部長役の江戸川ひろしだった。

ひろしは読書家で物知りで、小難しい理屈と言葉で人をやり込めるのが得意だったけれど、丸顔で目が細いおかげで、見る者に人なつこい印象を与えた。ただし、その印象に騙されて手を伸ばすと、いきなり嚙む。

五月の文化祭が終わってから、総務、と呼ばれる部長役に任命され、来年の文化祭まで務める予定だった。

彼を総務に任命したのは、それまで同役だった大越先輩で、長年そういうふうに、次の代表は前任者の一存で決められていた。

もっとも、総務、という名前にふさわしく、実際には雑事と気苦労ばかり多い役職のようだったから、むしろ選ばれないのが幸せと公言する者もいたけれども。

「それでひろしはさ、どの男が好きなんだよ」

少し甘えたようなきんきん声をひろしにかけるのは、眉毛が濃く、彫りの深い顔立ちのジュンだった。水筒から水でもかけたのか、濡らしたタオルをターバンみたいに頭に巻いて、地べたにお尻をついて座っている。そうやっているのを見ると、ずいぶん手足が長い。

「なに言ってんだよ、それ」

江戸川ひろしは8ミリカメラをとめると、ジュンのほうを振り返った。

「隠してもだめだって。いい加減教えろよ。おまえの好きな男。なあ、若獅子。ヒューマニズム」

若獅子、というのは大相撲の関取の名前で、地味な顔立ちがひろしに似ていると、その頃ジュンひとりだけが力説していた。ヒューマニズム、のほうは中学一年のとき、最初のホームルームでいきなりその語をつかったひろしがクラスで浮きまくり、そのままクラス内でのあだ名（ただし、こちらも命名ジュン）にされたということだった。ジュンとひろしは、中一で同じクラス、隣の席になってからの、そういう腐れ縁の友人みたいだった。

「俺はさあ、ここにいるみんなの恋愛関係を知りたいの。相関図を完成させるためにわざわざ合宿に来たんだからな。ジャーナリスト。報道。評論家だよ。男色評論家」

ジュンのあまりに直截な表現に、江戸川ひろしが呆れ顔をした。

聞いていたら一緒に眉をひそめそうな誇り高き男、池田進は、修養部（という部活があった。なにをするのかは知らない）と掛け持ちのおっとり地味な部員……桜井君と、ガシッと手をつなぎ、指相撲をしている。

その脇では前総務で肉体派の大越先輩と、同じく高二の矢倉さんが、中三のかわいいふたりにちょっかいを出し、中三ふたりは耳もとでなにやら囁き合っている。それから、きゃはは、きゃはは、と女の子同士みたいに笑った。

今回の合宿で一番の年少、ちび、ちび、ぽっちゃり、と体型も子供らしければ、いつも話している内容（テレビ、おやつ、いたずらなど）も子供らしい中二の三人は、だいぶ疲労がたまったのか、全員両手をだらんと前にさげて歩いて来た。

その三人を追い立てつつ見守るように、しんがり担当の岸本先生がようやく姿を見せた。


目の大きな池田進。

おかっぱ頭の草生。

部長役の江戸川ひろし。

男色評論家らしいジュン。

修養部と掛け持ちの大人しい桜井君。

それから自分（少佐）。

きちんと指をさして、同学年の者の人数を確認した。

「高一、六人います」

全員揃っているのを確認して、あらためて休憩時間に入る。

高二はふたり。中三もふたり。中二が三人。

これから一週間、山中のバンガローで一緒に過ごすのだった。

部に入ったのは、ここにいる高一の中では草生が一番早くて、わたしが次だった。今回、合宿には来ていないメンバーも含めると三番目だったけれども。ともあれ入学以来、硬式テニスをやってみたい、と半日ほど謎の夢を見たほかは（運動神経はゼロだったのに）、部活動というものに特別な関心を持たずに三学期を迎え、いくらかは学園生活にも馴れたのだろう。なんとなく暇だったり、授業をサボったりしたとき、学校の中でうまく時間をつぶせる場所はないだろうかと少しずつ探しはじめるうちに、裏門脇の、小さな掲示板に貼られた漫研の部員勧誘ポスターを見つけたのだった。

もうすぐ中学一年も終わるというころだった。

へたくそ、バカ、へんたい、等々、落書きされまくっていたそのポスターには、

「部員募集中。いっぱい、いっぱい漫画が読めるよ」

というメッセージと一緒に、少女漫画ふうの可愛い女の子のイラストが描かれていた。

それを見て、不思議なくらいすんなりと、部室に行ってみようという気になったのは、地元小学校時代、仲のいい女友だちから漫画雑誌を借りては、いつも楽しく読んでいたからだろう。

中学に入ってからもわざわざ自分で買うのは、「少コミ」、「別マ」。一番気合いを入れて読んでいた作品は、少女漫画の王道ラブコメ、高橋亮子の『つらいぜ！ボクちゃん』だっ

た。

部室に行けば、そういう話で、みんなとわいわい盛り上がって、楽しめるのかもしれない。

長く紛争で荒れたせいと関係あるのかないのか、学校は事務室と養護室にひとりずつ、計ふたり、本当にふたりだけ女の人がいるほかは、教員も職員も生徒も（少なくとも法的な区分上は）男性、男子ばかりだった。

コの字に並んだ校舎の角にある余り部屋みたいな教室を、ベニヤ板で三つに区切って、それぞれにドアをつけただけのような部室だった。

入ってすぐ、一番左のドアに「漫画研究部」と紙が貼り付けてある。

勢いでノックをすると、はい、どうぞ、と中から落ち着いた声がした。開けると両側の壁にびっしり本棚があり、中にはたっぷりと漫画が詰まっている。ぱぱぱっ、と見たところ、スチール本棚が並ぶ右手にはコミックス、お手製らしい木の棚が一面に設えられている左手には、天井まで雑誌が収めてあるようだった。りぼんりぼんりぼんりぼん。週刊マーガレットマーガレットマーガレット×百。

その本棚に挟まれ、白い大きな事務机が置かれていた。

まわりを、教室にあるのと同じ勉強椅子が十ほど取り囲んでいる。そのうちのひとつに、白いカッターシャツを着た、穏やかな印象の男の人が座っていた。

中にはその人、ひとりきりだった。

入部をしたいとおずおず伝えると、部員名簿、と書かれたノートとマジックを、ドアの陰にあるロッカーから取り出してくれた。ずいぶん年上のように思えたけれど、自分は高校一年で、漫画を読んで評論を書くのが好きなのだとその人は言った。

「僕は、パンジャみのる」

「パンジャ？　さん？」

「そう。パンジャみのる。『ジャングル大帝』の。パンジャ」

その人は、本名ではなくペンネームを教えてくれた。パンジャというのは、ジャングル大帝レオのお父さんだった。「きみ、手塚治虫ではどの作品が一番好き？」

「『どろろ』、です」

「『どろろ』、か」

「あと『バンパイヤ』」

の、ロックが女に化けるところ、と言ったほうがいいのかいけないのか。

とりあえず言わないでおこう、とパンジャみのるさんのおだやかな笑顔を見ながら、わたしは思っていた。

3

レモン汁、いる人〜。

レモン汁、いる人〜。

おかっぱの髪を頰のあたりで揺らした中村草生が、休憩中のみんなに聞いて回っている。首を傾げ、口を尖らせ、目を細め、と身のこなしのひとつひとつが芝居じみて見えるのは、いつも通り、草生が周囲をよく意識した、演技派のタイプだからだろうか。それとも今日ばかりは、見ているこちら側が、合宿に参加しているみんなを意識して、ちらちら、ちらちらと観察しているせいなのだろうか。

と、草生のほうもわたしを見た。

「レモン汁、いる？」

「……うん」

「じゃあ手、出して」

先に漫研にいた草生とは、こちらが入部した中一のおわりからの付き合いになる。わたしは荷物の横にしゃがんだまま、言われたとおりに手を差し出した。

社交ダンスのパートナーみたいにその手を引いた草生が、下になっていたてのひらを上向きに直す。小さな緑の瓶をささっと振り、濃縮のレモン果汁を三滴くらいそこに垂らしてくれた。

はい、と草生は笑顔で言い、手を離した。

ぺろっ、となめろということらしい。わたしは口もとを隠すようにてのひらを顔に近づけ、雨粒のようなそれに小さく舌を伸ばした。

きつい酸味が口の中にひろがる。草生はもう、向こうにひと跳ねしていた。

「大越ちゃんは？　レモン汁いる？」

「いる。ちょうだい、草生ちゃん」

「手出して」

「嫌。手が汚いから、口に」

あーん、と甘えるように言う肉体派の大越先輩の口を目がけて、華奢な草生が躊躇なくレモン果汁を振り入れている。喉を直撃したのか、大越先輩が激しくむせている横で、もうひとりの先輩、東京音楽祭で「ミドリ色の屋根」を歌って日本でも一躍人気者になったカナダのそばかす少年、ルネ・シマールに似ている矢倉さんも、あーんと口を開け、すぐに同じようにむせた。その様子を、少し向こうで振り返った池田進が、どこか醒めたような目で見ている。

料理用のレモン果汁をひと瓶買うのに、大揉めしたのは先々週だった。

一旦部室に集まると、駅に近いマーケットまで、七人ほどで合宿の買い出しに出かけたのだ。高一が中心のメンバーだったけれど、池田進は来ていなかった。登山経験者の草生が、商品棚にあったレモン果汁の瓶を見て、これは絶対に必要だと言い、総務の江戸川ひろしが不要だと断じた。

「ただでさえ荷物が多いんだから。草生、思いつきで無駄なもの買わないでくれよ」

あきれたように言うひろしに、元山岳部のプライドを傷つけられたのだろう。草生は鳥のくちばしほどに口を尖らせ、

「登山にレモンは絶対に必要だから」

と言い張ったのだった。生のレモンをいくつも持って行くのは大変だから、濃縮果汁で代用しようという話だった。「高校生はまだいいけど、中三がふたり、中二の子だって三人いるんだよ。山で疲れたときにレモンがなかったら、どうするの。もし中二の子が死んだら、おまえ、責任取れる？」

「誰も死なないだろ、D菩薩峠の登山コースで」

「いや、死ぬよ。死ぬ、死にます」

「死なないって。足を踏み外してコースアウトするならともかく。疲労でなんて」

「そんなの、コースアウトするかもしれないよね。それに、上から大きな岩が落ちて来たらもう終わりなんだから」

「そのときは、レモンがあっても死ぬだろう」

「バカ。道の両側が大きな岩でふさがれて、何日も身動き取れなくなったらどうするのさ？　そういうの、山じゃ、しょっちゅう起こるからね」

「しょっちゅう、ねえ。あのさあ、そういうまれなケースには、いちいち対応しなくていいから。食糧なら、ちゃんとあるし」

「もう、ほんとになにも知らないんだから。江戸川ひろし。山を甘く見たら、ひどい目にあうんだって。物知らず。わからず屋。夏みかん顔の、どぶすにきび」

「なんだよ、どぶすにきびって」

そして言い合いは平行線となり、仕方なく、おずおず話に加わった他の部員たちの意見はといえば、当然ながら「べつに、どっちでもいい」。

結局、会計担当のわたしが最終的な決断を下すようにと、当事者のふたりから求められることになった。

「小笹ちゃん（まだ少佐にはなっていなかった）、どう？　どっち？　レモン汁、必要だよね」

「小笹、いらないだろう、どう考えても」

うーん、と少しだけ悩み、買う、と返事をしたのは、山道で中二の三人が死ぬケースを心配したというよりは、レモン果汁の小瓶ひとつくらいなら、買っても大きな負担にはならないと判断したからだった。

予算的にも。重さ的にも。

それに中村草生と江戸川ひろし、どちらの機嫌を損ねると面倒くさいことになるかといえば、明らかに前者だった。「どぶすにきび」に近い感情的な攻撃が、今度はわたしに向けられるかもしれない。「でっちり」なのか、「運動神経なし」なのか、「体育のとき、ひとりでこそこそ時間差着替え」なのか、それとも「化学のテスト0点」なのか。ともかくそれよりは、理論家のひろしに、この、事なかれ主義め、とでも冷たく呆れられたほうが、ずいぶんマシな気がした。

実際、ひろしはそれに近いことをわたしに言った。

ただ、揉めごとを小さく、なるだけ小さくおさめようとするのは、昔からのわたしの癖だった。今さらショックを受けるような指摘でもない。あんたって、いつも人の顔色窺ってるのね、いやらしい、とはじめて人に言われたのは、まだ十歳にもならないころだった（学校の先生にだった）。高校生になっても、その性質はあまり変わらないのかもしれない。

自分としては、平和主義のつもりだったけれども。

「よし、じゃあ出発しよう」

谷のほうを見ながらひとり煙草を吸っていた岸本先生が、足元の土にこすりつけて火を消すと、腕時計を見、全体に向けて号令をかけた。

「わ、わ、わ、先生、そんなところに吸い殻捨ててる」

「自然破壊、自然破壊、自然破壊」

「いいの？　先生、そういうことして」

ここまで先生と一緒に登って来た中学二年の三人が、気後れした様子もなく、甲高い声でマナー違反を指摘した。

「うーん、紙と葉っぱは、最後は土に還るから平気だよ」

「嘘だ」

「フィルターは？」

「それも土になるよ、いつか」

「ならないよ」

「ならないよね、もしなっても何万年か先」

「エドガー先輩、ここ撮影してください。先生による、自然破壊の証拠です」

総務兼合宿の記録係、8ミリカメラを手にしたひろしのことを、中二の三人が呼んだ。小田急線の新興住宅地、S百合ヶ丘駅徒歩二十分の自宅から持って来たという私物、サウンドも同時録音するタイプのカメラを構えたひろしは、早速、カタカタ、カタカタと撮影しながら近寄って来る。

痩身で黒縁眼鏡、ぼさぼさ頭、教科書に載っている明治の文豪か作曲家のような、三十代後半にしては枯れた風貌の社会科教師は、仕方なさそうに笑うと、足元の吸い殻を拾い上げた。

「先生、なにかひと言」

ジャーナリストでも気取ったのか、カメラを回したまま、江戸川ひろしが言う。男色評論家のジュンとは、やっぱりいいコンビなのかもしれない。

「えっと、きみたち、山道にゴミを捨てたらいけないよ」

真っ直ぐカメラのほうを向いた岸本先生はしれっと言うと、吸い殻をちり紙に包んで、周囲を見回した。

「それより、急ごう。ほら、雨が降りそうだ」

その声も消えないうちに空が急に暗くなり、ばたばた、ばたばたっと大粒の雨が降り出した様子は、その年の合宿の記録フィルムに、きちんと残されたはずだ。


手を～とり～あって、このま～ま行こう。

愛～するひ～とよ。

前のほうから、クイーンの「手をとりあって」を歌う声が聞こえて来る。先頭の草生の鼻唄が、順にうしろへ伝わったのかもしれない。

短いシャワーみたいにざっと降って上がった雨を全身に浴びた生徒たちは、体のほてりをちょうどうまくおさえられたとでもいうように、みんな濡れた服のまま、残りの登山道を歩いた。

C兵衛小屋、と書かれた木札の立つ宿泊施設を過ぎるとき、あ、ここが有名なC兵衛小屋かと感動した。どこまで本当なのかは知らないけれど、大昔、人斬りの男がひそかに隠れ住んでいたという伝説があるらしいそのC兵衛小屋のことを、わたしが少しだけでも知っているのは、過去二年つづけてこのD菩薩峠合宿に参加した漫画少年、同じ学年で一番部歴の長い皆川君が、不定期発行のコピー部誌「ペックス」に、その人斬り伝説をベースにした「C兵衛小屋の一夜」という時代物の力作を発表したからだった。

通りがかった旅人を殺し、その金品を奪って暮らすというD菩薩峠伝説の人斬りがいつものように旅人を襲うと、じつはその旅人は人斬り男を捕えに来た十手持ちで、いきなり暗い峠道を舞台に、きらり剣を交えることになる痛快アクションストーリーだった。ちょっと石森章太郎『佐武と市捕物控』ふうかもしれない。

「今年は行かないの？　合宿」

一学期の期末試験に入る少し前に、部室でその皆川君に会ったわたしは訊いた。夏合宿の行き先は、わたしたちが入学する前から、毎年D菩薩峠に決まっていた。ルートや宿泊先も同じだという話だ。

「いいよお、もう、僕は。あれ、きついから」

北欧美人のような彫りの深い顔立ちをした彼は、頰をほんのり赤く染めて答えた。べつに恥ずかしくないときでも、ちょっとしたことで白い肌を紅潮させるのが皆川君だった。あおい学園の漫研には不定期のコピー部誌「ペックス」と、五月の文化祭で売るオフセット印刷誌「熊ぼっこ」のふたつの部誌があり、その両方にきちんと自作漫画を発表するほかにも、毎週、大学ノート一冊ぶん、『ルパン三世』と『怪物くん』をミックスしたようなタッチの『怪盗プラム』という作品を自宅で執筆している筋金入りの漫画君だった。

その彼がもう合宿には行かないと言う。

「きつい？」

「うん」

「登るのが？　それともついてから？」

今回が初めてになるわたしは訊いた。近県の、わりと簡易ルートでの登山とはいえ、やっぱり山に登って、一週間もバンガローで過ごすのだった。しかも宿泊する小屋には、電気もガスも水道も通っていないらしい。それこそ山岳部の部員でもなければ、参加するのに、なかなか勇気のいるところだった。

実際、中二の夏、はじめてその合宿の時期を迎えたわたしは、しっかり尻込みした。幸いなことに、尻込みした部員を無理にでも連れて行こうとするタイプの部活ではなかったし、そういう強制的なイベントでもなかった。むしろ、中一はまだ無理、面倒を見るほうが大変、と置いて行くのが基本になっているくらい、慎重に営まれている合宿だった。やっぱり、それだけハードなのだろう。

それでも中三になった去年は、遅れて入部した同学年の仲間も増え、部の中心になる高一の先輩たちともずいぶん打ち解けていたから、いよいよわたしも山へ行くつもりになって準備していたのだけれど、今度はタイミングの悪いことに、直前に盲腸で入院してしまった。だから今年の夏が、わたしの初めての合宿になる。

「でも、小笹なんかには、いいのかもしれないね」

まだ頰の赤い皆川君は、あのときそんなことをぽつりと言った。お母さん手作りの豪華なお弁当を、自習だという五時間めまでかけて、ゆっくり食べている様子だった。

「なにが」

「あの合宿」

「どうして」

「なんとなくだけど」

「そう？」

「うん」

わたしは数学の授業で先生に当てられるのが嫌で、その時間、部室に逃げていたのだった。漫画を読んで暇をつぶし、六時間目の授業には出るつもりでいた。

中一のおわりに入部したとき、出迎えてくれた三学年上の「パンジャみのる」さんや、その学年の総務、

「お、手塚治虫ファンの後継者が、ようやく入って来たか」

とずいぶん喜んでくれた同じく手塚治虫好きで素朴な「天下太平」さんたちはもう卒業してしまったけれど、わたしにとってそこは相変わらず、ちょうどいい隠れ場所だった。

4

休憩地点からは、どれくらい時間がかかっただろう。

バンガローに着いたわたしたちがまず最初にしたのは、「荷物」を一ヵ所に集めることだった。

みんなで手分けして運んだ「荷物」だった。明らかに大切な食糧や鍋釜といった生活用品を後回しにして、

「ここに」

と、ひろしの指示で真っ先に置き場所を与えられたのは、全員のリュックに最低でも五、多ければ十や十五ほども、きちんとビニールに包まれ入っていたもの……漫画の単行本だった。

少女漫画、少年漫画、ＳＦ、歴史ロマン、ギャグ……なかには長い巻数ものもあり、全部合わせれば百冊を越えるはずだった。

それも、ただやみくもに詰め込んだような百冊ではない。わざわざ山に運ぶものとして、事前に候補をリストアップし、何回も議論を重ね、ふるいにかけ、掬《すく》い上げ、決を採り、その結果を巡っては、部員同士のつかみ合いの喧嘩がはじまり、主張の聞き入れられなかったひとりが臍《へそ》を曲げて、合宿への参加を取りやめるどころか、退部をほのめかしたまま音信不通という残念な事態を招いたくらい、真剣に選んだ作品だった。

それら漫画の単行本を、山中のバンガローで読む。

一週間。

ひたすら。

それがわたしたちの合宿なのだった。

一体なんのために、と問われて、

「優れた漫画読者を育てるため」

と、以前答えた先輩がいたらしい。その副産物として、合宿中にお熱いカップルができるようになったのは、ここしばらくの傾向なのか、それともずっと以前からなのか。

去年は二学期になると、放課後の部室でぴったり身を寄せる、中村草生と池田進を見ることができた。

盲腸の入院で合宿に行きそびれたわたしは、どちらも同じ学年、それぞれに親しい仲のふたりが、いつの間にそんなことになったのかと驚きながらも、きつく手を握り、頬を寄せる恋人たちのことを、なるべく邪魔しないよう、部室内の少し離れたところから、ほとんど心の目で見守っていた。

穏やかで保守的な「パンジャみのる」さんたちが活動の中心になっていた代にも、ぴちぴちニットに腰までロングヘアといったお耽美部員も複数いたくらいで、もちろんそういうカップルは彼らがはじめてではない。だから他の部員たちも、だいたい同じようにうまく対処していたし、わ、わ、わ、わ、といちいち驚いていた幼い新入部員たちも、ほどなく馴れたのか、

「ちょっと漫画取らせてくださーい」

と声をかけるときの他は、部室内でむつみ合うふたりをうまく無視できるようになっていた。

それでも椅子を四つほど並べ、そこに横たわらせた草生を、一番端に腰掛けた池田進が膝枕し、猫っ毛に近いやわらかい髪や、つるんとした顔全体をずっとなで回している姿は、部室の奥の窓から差し込む秋の日とともに、わたしの目にきつく焼きついている。

同じ姿勢で池田がサラミソーセージを小さなアーミーナイフで切り、草生の口に運んでいたこともあった。

あれが部活の定例ミーティング中だったのだから、どれほどふたりは自由な時間を過ごしていたのだろう。

残念ながらその仲は、今年の春までには終わってしまったようなのだけれど、どこかよそよそしいままでも、こうしてふたりとも合宿に来ているのは、同学年の友人として嬉しかった。この周囲になにもない、山奥のバンガローで、またヨリがもどるようなこともあるだろうか。

「重かった〜」

と高二の矢倉さんが口にしたことで、同様の文句は解禁になったのだろう、リュックを開けて漫画を持ち寄るみんなは、所定の位置で待つひろしに、ほんのり愚痴めいたひと言を言い添えて行く。それでも部所蔵のものや個人所有のもの、今回の合宿のために部費で購入したものなど、課題図書に選ばれたコミックスがバンガローの壁に並ぶのはやっぱり壮観だったし、一方でそれはよく見慣れた漫研の部室や、自室を思い出させた。

人というのは結局のところ、馴れない場所にいても、あるいは馴れない場所にいるときほど、普段通りの生活をしたがるものなのかもしれない。

「疲れたんじゃないですか、少佐」

気がつくと、池田進がそばに立っていた。バレエダンサーのようにぴんと背筋を伸ばし、顎を引いて、大きな目でこちらを見ている。

「その呼び方は、あんまり」

　わたしは小さく抵抗をすると、家から運んで来た少女コミックを図書コーナーに置いた。河あきら、名香智子、それに岸裕子の『玉三郎　恋の狂騒曲』第三巻まで。社長令嬢の山岸玲奈と、その許嫁で日本舞踊の名取り、美貌で男に狙われまくる楡崎玉三郎が繰り広げる珍騒動を描くロマンチックコメディは、あまりに何度も読み返したおかげで台詞がほとんど言える。もっともその作品に関しては、高二のそばかすさん、矢倉先輩のほうがずっと早口で愛情を語れたし、台詞の暗唱も得意としていたから、わたしはひそかにファンをつづけていられればよかったのだけれども。

　合宿用に借りたバンガローは、登山道から谷側に下った木立の中にあった。

　細い道で結ばれた大小二棟を借り、その広いほうに、わたしたちは陣取っていた。

「お、巣作りしてるな」

　まず着替えたのだろう、だぼっとした白いTシャツ姿になった岸本先生がおだやかに笑いながら入って来た。小さなほうのバンガローにリュックを置いた先生は、休み中に読んでおくと持ち帰った、竹宮恵子『ファラオの墓』全八巻を運んで来ていた。ここでも先生と行動をともにする中二の三人も、それぞれ受け持ったコミックスを運んで来ている。

　草生の登山靴以外はスニーカーだらけの靴脱ぎを越え、がらんとした、調度品はなにもないバンガローに立ち入った岸本先生は、ゆっくりと周囲を見回すと、

「こっちは人数多いな。向こうに少しうつってもいいんじゃないか」
と言った。読書会や合評、室内での食事なんかは揃ってこの広いほうのバンガローです
る予定だったけれど、あとは二手に分かれて休むことになっていた。
「どう? 中三のふたり、あっちにうつったら?」
「えー、森ちゃんが」
五月の文化祭まで総務だった大越先輩が、素っ頓狂な声を上げた。お気に入りの可愛い
後輩と、離れるのが嫌なのだろう。
「先生、それはきたないよ、一番可愛いやつら連れてくなんて。そいつらいなくなったら、
こっちは若獅子とかビューティ・ペアしか残らないじゃん」
男色評論家を自称するジュンも、はっきりと文句を言った。若獅子はひろしのこと、そ
してビューティ・ペアがわたしのことらしかった。「かけめぐる青春」を歌って人気の女
子プロレスラー、ジャッキー佐藤とマキ上田の両方にわたしが似ていると、少し前からジ
ュンひとりが言い張っている。
「おー、そうか。だめか。でもなんで?」
本当のところ、どれくらい事情がわかっているのか、岸本先生が聞く。
「えー、誰が誰の横で寝るか、それがこの合宿で一番の問題なんじゃん。先生、知らない
の?」

ジュンはさばさばと本当のことを言った。

「ははは、そうなのか」

「そうだよ、みんな、そればっか考えてるんだよ。だから連れてったらだめ」

「ほう」

と先生は言い、小さく首を横に振った。

わたしはそのやり取りを聞きながら、こっそり荷物に忍ばせて来た紙切れのことを思っていた。それは合宿出発前、最後のミーティングで部室を訪れたとき、つまりわたしに少佐のあだ名がついていたときに、誰かがわたしのバッグの中に入れた二つ折りのメモだった。

「D菩薩峠の合宿で、ぜったい一緒に寝ようね」

と、そのメモには書いてあった。

誰が書いたものなのかは知らない。差出人は「おにいさまより」。

本気なのか、冗談なのか。予告なのか、悪戯なのか。

ただ、それを読んだわたし、十五歳の〈少佐〉の胸は、泣きたいくらいに高鳴っていたのだった。

第二夜　おしおきしちゃうから！

1

あおい学園の生徒、一学年三百二十何人のうち、現役、または一年か二年のリハビリのような浪人生活を送ってからでも、難関、赤門のある国立大学に進むのは、その頃の平均でだいたい九十人から百人ほどだっただろうか。

医大、医学部に進むのも、確かほぼ同じくらい。

さらにそれ以外の大半も、W大やK大、C大、J大……といった有名私大や、都内の国立大、あるいは地方の旧帝大や、歯科大あたりに進む。

つまり校則のない、成績についてもうるさく言われない、屋上で煙草を吸っても怒られない、そんなゆるい中高の六年間を過ごしたにしては、最終的には進学校の卒業生らしく、きちんと、聞こえのいい大学へ落ち着く者が多いのだった。

もちろん、さすがに遊びすぎたのか、大学を目指すころには学力不足でまったく夢のかなわない者たちもそれなりにはいたし、美術や音楽、芸能など、はっきり学業とはべつの関心を持って、そちらの道に進む者もいた。

その両方を合わせれば、学年で二、三十人くらい。

つまり、全体の一割弱ほどは、いわゆる進学校のオーソドックスな進路からは逸れて行くようだった。

三百二十数人のうちの二、三十人。

確かに少数派ではあったけれど、生徒の一割弱と思えば、べつにまれな存在でもなかっただろう。


高校に入ってすぐの実力テストで、わたしの成績は下位のほうだった。

やけに授業の進みが早いほかは、取り立てて受験のための指導はしないような学園でも、高校生になるとまず、英、国、数、三教科の実力テストが行われるのだった。

三教科の合計点で、学年順位を決める。

答案はもうそれぞれの授業で返されたあとだったから、合計で下位だろうとは予想できたのだけれど、ホームルームの時間、あらためてクラス担任から、小さなメッセージカードみたいな個人成績表を手渡された。

同時にぺらり、と一枚の資料コピーをもらう。

それは名前を伏せた順位表で、一位から最下位まで、ただ合計点と、各教科の得点を横書きに記してあるのだった。

1位290点（英96点、国94点、数100点）／2位287点（英94点、国93点、数100点）／3位286点（英96点、国92点、数98点）……といった具合に。それを見て学年全体の様子と、自分の今いる位置を（勝手に）確認しておくように、とのことなのだろう。

「ねえ。先生、でもこれ、加藤木《かとうぎ》がかわいそうだよ。名前が書いてなくても、加藤木だけ、みんなに順位がわかっちゃうよ」

はじめて実力テストの順位表を眺めた生徒のひとりが、級友のために野太い抗議の声を上げた。

クラスの加藤木君は中学のときからとにかく英語が好き、英語が得意で、英語マニア。まだ帰国子女がクラスに何人もいる、といったことのなかったような時代、実際、海外暮らしの経験はほぼなかったと思うのだけれど、授業内容を巡って年輩の専任教員とも対等にやり合い、発音の上品さではおそらく勝ち、英語の加藤木、として学年中に知られていた。そのかわり数学の出来があんまりよくなかったようで、英語100点、数学25点といった極端な得点差が、順位表の中でひときわ目立っていた。

「これだろ、加藤木の成績」

「うん。まあ、そうだけど」

メタルフレームの涼しげな眼鏡をかけた加藤木君は、苦笑気味に認めた。国語の成績はまずまずだったので、全体としては、真ん中より上にいる。

「じゃあ隠すことないじゃん」

誰かが言い、クラスの笑い話になった。

「小笹は？　どう？」

席に戻る途中、べつの級友に聞かれた。

わたしの場合は、三教科ともそこそこ悪く、総合では二百二十番から二百五十番のあいだくらいの順位だった。

あとになって考えれば、それが高校時代、全部で六、七回受けた実力テストの、わたしの定位置だった。

たまたま甘い採点にハマったときに百番台になったのが一度か二度、逆に曖昧な解答をきちんと誤りと判定されて三百番台目前まで急落、二百九十九番になったのが一度あったほかは、たぶん毎回その範囲に収まっていた。

だからまたそのあたりか、と馴れきっている頃であれば、きっと平気で教えたのだろうが、なにしろまだはじめてのことだ。どう答えようか、よく話すようになったばかりの新しい友だちの脇に立ってちょっと悩んでいると、

「おーい、小笹。おまえ、まーた、男替えたのか」

アメフト部のさわやかラインバッカーが、わたしの背中にぽんと触れると、可笑《おか》しそうに言い、自分の成績表をもらいに前へ進んだ。友だちはなにも言い返さなかったけれど、そういうからかいの対象にされたことに、明らかに鼻白んだ様子だった。

わたしは結局、自分の順位は教えず席に戻った。

なにかおかしなフェロモンでも発していたのだろうか。

ふつうにクラスの友だちと喋っているつもりなのに、中三くらいから、やけにそういったからかいを受けるようになった。

○

いかにも、というよりそのまま木造の掘っ建て小屋といったバンガローには、事前に聞かされていたとおり、電気もガスも水道も通っていなかった。

日が落ちて外が暗くなると、ランタンの火を灯す。

お手洗いはくみ取り式のものが外、少し離れたところにあり、小さなランタンか懐中電灯を手に向かわなくてはならなかった。ドアにあるフックに、うまく掛けることができれば、ようやく両手が空く。

光に集まる虫のことも気にしながら、用を足し、あまり指先に触れないよう、てのひらメインで懐中電灯を持つと、急いで外に出た。

何メートルか離れて待っていた池田進が、ざわっ、ざわっと雑草を踏みながら、暗闇を背に近寄って来る。

足元を照らすために、彼も細い懐中電灯をひとつ持ち、迷彩柄の楕円の水筒を首から下げていた。用意よく、水筒のキャップを外してある。

池田進に一歩近寄ると、わたしは懐中電灯を脇にはさみ、彼の前に両手を差し出した。そのために持って来たくみ置きの水を、彼がつーっとわたしの手に垂らしてくれる。

さささと洗い、しずくを道に飛ばした。

今度はわたしがその水筒を首から下げ、池田進のトイレを待った。

夕方、虫よけスプレーを手足にたっぷり振りかけたのだけれど、あの効果はどれくらい持続するものだろう。心許ない気持ちで、足先をずっと照らしていた。

深い木立のさらに向こうから、黒いなにかにすっぽりと包まれてしまったようだった。懐中電灯と、バンガローの窓から洩れる灯りのほかは、ほとんど闇。少し見上げても、月も星も全然目に入らなかった。首をすくめ、余計なことは考えないようにしながら、その場で小さく足踏みをした。

「どうして、こんなところで合宿するんだろうね」

出て来た池田進の手に水をかけながら、わたしは言った。質問というよりは、ほぼひとり言だった。

「さあ」

両手をこすりながら、池田進が答えた。「むかし、山岳部の人が漫研に多かったから、かも。あとは、ちょっとだけ、セキグンハの真似でもしてるんじゃないですかね」

「セキグンハ？ って」

「セキグンハ」

「ああ。赤軍派？」

「確か、D菩薩峠にアジトがあったような……いや、不謹慎ですね。そういうのは」

「ねえ、赤軍派……って連合赤軍？ 浅間山荘の」

「いえ、赤軍派ですけど。連合赤軍じゃなくて」

わざわざ訂正するからには、きっと細かな違いがあるのだろう。

けれど、だいぶ古い話みたいだったし、この暗い山中で、なにか血なまぐさい話になってもこわい。

それ以上の説明を求めなかったから、詳しい違いはよくわからなかった。

2

バンガローに戻ると、思ったよりも明るいランタンの灯ふたつに照らされ、顧問の岸本先生と部員たちが、車座になって談笑していた。

「あ、帰って来た、お姫さま」

高二の矢倉さんが、頬を光らせて言った。

「お姫さま、お帰り」

「姫〜〜っ」

「姫先輩」

「小笹姫」

「笹子姫」

「少佐姫」

呼ばれているのはわたしのようだ。少し前についたあだ名〈少佐〉がいきなり〈つる姫〉にでも変わったかとも思ったけれど、さすがに違う。上唇が尖って、首の細い、あのおかっぱ姫とわたしでは、見た目の共通点が少なすぎた。

それに同じ土田よしこのギャグ漫画なら、『つる姫じゃ〜っ！』よりは、地元小の頃に愛読したりぼん連載『きみどりみどろあおみどろ』のほうが好き、というのは、わたしの長い間の主張だった。

「ほーら、喜んでる」

どこか甘えたような声で、ジュンが言った。長い手足を持てあますみたいに片膝を立て、それを両腕でゆったり抱えている。「今、鼻の穴がでかくなってるだろ。ビューティ・ペアの。それが喜んでる証拠」

相変わらず、ジュンひとりしか使わない呼び方をしてくれた。

「本当に？」

「本当だ」

「どこ」

「本当？」

「うそ、少佐、鼻の穴ちっさい」

たぶん話のもとは、到着してひと休みしたあとの、このバンガロー内でのやり取りだった。

ここから五分ほど歩くと、ようやく水道の引かれた共同の炊事場があり、さらにもっと先に、一帯を管理する事務所があるという話だった。

もっともそう聞くだけで、わたしはまだ事務所を見ていなかったけれども。

到着後、カギやレンタルのマットのことなんかで、何度かその事務所と行き来していたのは、中村草生と江戸川ひろし、あとは岸本先生の三人だった。

山歩きに馴れていて、健脚であり、この界隈に詳しい。

彼らにしかできないことだとわたしはただ感心して見送り、帰りを明るく迎えていると、「あのさあ、お姫さまじゃないいんだから。べつに小笹が行ってもいいんだけど。事務所」ひとつ用を済ませ、戻って来た総務のひろしが、新しいあだ名は使わず、冷笑気味に言ったのだった。

そのとき彼の口にした「お姫さま」を、わたしが褒め言葉のようにうっとり聞いていたと、男色評論家を自任するジュンが目をきつく細めてジャッジしたのだけれど、もちろんそれはただの言いがかりだった。

わたしは指摘されたことをちゃんと聞き、次はなにかを手伝おうと思っていたのだ。だから夕方、虫よけスプレーを手足にしゅーしゅーとかけて、同じ『玉三郎シリーズ』好きな仲間、矢倉先輩と一緒に、中三の可愛いふたりを連れて、共同炊事場へ水を汲みに行ったのだった。

でもジュンは、わたしが学校の体育の授業中、苦手な野球の外野を守るのに、偶然グラウンドに置いてあったスチール製の椅子を引っ張って来て、ちょこんとそれに座ってグローブを構えていたことまで持ち出して、お尻が重たいんだよ、お姫さまは、とからかったのだった。

きっと今も、あらためてそんな話題を持ち出していたのだろう。

「少佐先輩、椅子に座って外野を守ったのって本当？」

「それじゃボール取れないよお」

まだ声変わりの途中のような不安定な声で、中二の子につづけて聞かれる。

「それは……本当。でも、どうせ取れないから」

わたしは答え、軽く呆れ顔の池田進と一緒に、みんなの輪に加わろうとすると、ふたりがトイレ中断するまで白熱していた、しりとりのルールのことなのだろう、

「なあ、次から、民話の登場人物もセーフにしてくれないかな。漫画のキャラクターだけだと、俺がすごく不利だから」

岸本先生が言う。

「えー漫研なのに」

「ずるいよ先生」

「読んでないのが悪い」

「民話って、どういうの」

「判定が難しくなる」

中二のお子さま三人の関心を一手に集めた先生が、その隙にどうぞ、とばかりに腰を浮かして、自分のとなりにスペースを作ってくれた。

池田進が仲のよい修養部・桜井君のほうへ行ったので、わたしは先生の隣に座る。

ほんのちょっとだけ、気持ちが動いたのはどうしてだろう。

ただひとり、大人の参加者のそばで、無意識のうちに緊張したのだろうか。

それとも成人で喫煙者、体にまとうにおいが明らかに違うからだろうか。

わたしはそもそも学校というものがあまり得意でないぶん、先生、という人のことも、最初から苦手意識が先に立って、警戒して見てしまうところがあった。なにか特別な不信感を抱いているというよりは、最初から苦手意識が先に立って、打ち解けようとか、なにか聞いてもらおうとかいった気持ちになったことがない。そんなふうに無関心を装いながら、じつはこちらの希望するかたちで、先生に構ってほしいということもない。ただ単に苦手。長く漫研の顧問の上、社会科の授業も受け持ってもらっている岸本先生に対しても、それはほとんど同じだった。

なのに、どうしてだろう。

わたしは先生とキスする夢を見たことがあった。

3

結局、その夜は登山疲れもあったのだろう。

ゲームのあと、とりあえず早めの就寝をすることになると、

「……森ちゃん、森ちゃん、森ちゃん」

中三の阿部森を熱心に自分のそばへ呼ぶ大越先輩の声と、「な、小早川さあ、ちょっと話そうよ。ちょっと。ちょっとだけ。ここに来て、ここ。いいから。ここ。こーば、ねえ、なんもしないよ」

同じく中三のかわいい小早川君をしつこく誘う意外な人物、ただの評論家のはずのジュンの甘い声を聞いた覚えがあるくらいで、あとは朝、他のマットがほとんど畳まれてしまうまでしっかり寝てしまったから、わたしにメッセージをくれた「おにいさま」が誰なのか、一夜めには知ることができなかった。

○

二日目は、山ではじめて迎える朝だった。

みんなでパンと缶詰、粉ジュース、または有志が炊事場で沸かして来たお湯でいれるインスタントコーヒーか紅茶の朝食をとり、掃除をし、課題図書になっている漫画を読み、気が向くとおのおのが付近を勝手に散歩した。

すぐに手が洗えるし、少なくとも外側はきれい、と共同炊事場のほうにあるお手洗いまで行って戻ると、バンガローのあちらとこちら、建物の陰に隠れた中二たちが、さすがの子供らしさ、まるきり近所の悪ガキたちみたいに、おもちゃのピストル、銀玉鉄砲を手に遊んでいた。

飛び出して撃ち、追いかけて撃ち、奇声を発して撃ち、足元の安定が絶対に悪い中、追いかけられて本気の走りで逃げる。

「あぶないよ。転ぶよ〜、痛いよ〜」

ほとんど耳には届かなそうな声をかけてから、ちょっと可笑しくなり、中学二年とはあんなものだっただろうかと、わたしは思い出す。

二年前。

漫研の同じ学年で言えば、池田進と、今では偉そうな江戸川ひろしが、それぞれ不安そうに、おずおずと入部して来たのが、ちょうど中学二年の後半だった。

そのふたりとわたしと中村草生の四人、よく学校の屋上でフランスパン（バゲット）の早食い競争をしたことをすぐに思い出した。

あとは池田が詰め襟の黒い制服を後ろ前に着て神父、華奢な草生が同じく学ランできれいに頭部を被って尼僧に扮し、結婚式のまねごと遊びなんかをしていた。

◯

……それにしても、「おにいさま」とは一体誰なのだろう。

バンガローを抜け出してから戻るまでの間、ふらり、ふらり周囲を見て回っていたわたしは、たぶん人や景色を見る意識の裏側で、ずっとそのことを考えていた。

おにいさま、というからには、やはり年上の男性だろうか。

きっと、そうなのだろう。

でも、いつ。

というのは、メモの入っていた日、合宿についての打ち合わせに漫研の部室を訪れたあの日のことだけれど、一体どのタイミングで、誰が、メモをわたしのバッグに忍ばせることができたのか。

と、論理的に対象者を絞り込んで行くという作業が、正直なところ、わたしにはあまりうまくできなかった。

昔から推理小説を好んで読むタイプではなかったし、唯一といっていいくらい気に入っている金田一耕助シリーズ（映画）では、探偵や警察がそうやって絞り込んだ推理は、ことごとく外れることに決まっていた。まるで観客の意識を、本当の犯人から遠ざけるみたいに。

まして素人探偵のわたしなんかが推理しても、見落としと勘違いと新事実の発覚で、なんの役にも立たない気がした。むしろ勝手な思い込みのせいで、真実からずっと遠ざかってしまうかもしれない。

だったら今、素直にここにいる年上の人のことを、ただ心の中でぼんやり思い浮かべているほうがずっとましだった。

あの人がおにいさまかもしれない。

あの人がおにいさまだったら、と。

その対象には、一応、顧問の岸本先生も入っていた。

もちろん生徒の引率が仕事だけれど、年長、しかもかなり年上なのは間違いない。

もっともあの日、先生はクーラーもない、本棚とロッカーに囲まれた暑い漫研の部室にはいなかったはずだから、さすがにメモとは無関係だろうとは思うのだけれど、いつも手遅れになる金田一耕助の映画がひそかに教えてくれたのは、一番怪しくないひとを最初に疑え、ということだった。

たとえばあの日、もしわたしが席を外している隙に、先生がふらっと部室に立ち寄っていても驚かない。

それは中にいた生徒たちも同じだろう。相手は一緒に合宿に行く顧問の先生で、場所は学校。部室は職員室からもそう遠くないのだった。

わたしのバッグに、K、と大きなイニシャルなんかはついていなかったけれど、どこかで私物をチェックしていたかもしれない。または「そのバッグ、誰の?」とでも聞いたか。あるいはもっと堂々と、「小笹いないのか?　じゃあカバンにこのメモを入れておいてくれ」と。

先生が来たと伝わるかどうかは、その場にいた部員たちの配慮次第で、五分五分だろう。

一方、メモの内容は、きっとわたしが他言しない、と先生が自信を持っていたら……。そんな苦手な推理を無理に重ねてまで、先生が「おにいさま」の可能性をあえて排除しない。

目的は山中での時間つぶしがほとんどに違いなかったけれど、やっぱり昨日隣に座って、かすかにどきっとしたせいもあるのだろうか。

わーわーと子供っぽく銀玉鉄砲で遊ぶ中二の三人を横目に、大きく窓を開けてあるバンガローに入ると、Tシャツにバミューダパンツ姿の岸本先生は、まだこちらの小屋にいて、他のみんなと同じように足を真っ直ぐ伸ばし、壁に背をもたせかけて漫画を読んでいた。萩尾望都《もと》の『トーマの心臓』第三巻。

黒縁眼鏡を指で押し上げ、ぐすぐすと鼻をすすっている。その様子がちょっとおかしくて、

「先生、泣いてるんですか?」

前で足をとめて聞くと、痩身で枯れた印象の先生は顔を上げ、表題作もよかったけれど、一緒に入っている短編、「小夜の縫うゆかた」に今、強く胸を締めつけられているのだと言った。

「いい話だよ。これ」

お母さんを亡くした中学生の娘の、それからの暮らしを静かに描いた作品だった。毎年恒例、夏の浴衣を縫うためにとお母さんが買い置いてくれたトンボの柄の布が、一年空けて自分で縫うことにした今年には、少し子供っぽいかもしれない……。

同じく、その短編にわんわん泣いた覚えのあるわたしは、先生もそういうのに泣くのか、へえ、大人なのに。先生なのに。と感心しながら小さく頭を下げた。

当時は一切そんなことを考えもしなかったけれど、三十五年を経た今振り返れば、岸本先生はよく大人ひとりで、十数人の思春期ばりばりの生徒たちを連れて、一週間も山中のバンガローで過ごす役目を引き受けてくれたものだと思う。

明らかに教員としては負担の大きすぎる仕事だった。

いくら生徒からの要望でも、断るか、スケジュールの変更（短縮）を指示するのが妥当なところだろう。

そもそも顧問とはいっても名ばかりで、普段は部の活動に関わることなんてほとんどないのに、一番ハードなイベントにだけ、きちんと付き合ってくれる不思議な先生だった。

もしかすると単に山登りや山ごもりが好きだったのかもしれない。ともあれ、決して熱血な指導を売りにするタイプではなく、逆に弱々しくて生徒になめられているわけでもない先生には、今思えば、親切、という言葉が、一番似合うのかもしれなかった。

つづく「おにいさま」候補は、一学年上、高二のふたりだった。

4

もともとは十数人、二十人近くも部員のいる学年だったけれど、そのうち半数ほどは部室でたまに漫画を読むくらいの軽い所属だったし、役つきだった先輩たちも、五月の文化祭まででですっかり代替わりを済ませて、この夏休みには、さすがに他のあれこれもしてみたいといった希望があったのだろう。わざわざいつものメンバーとの長い合宿に参加したのは、ひときわ活動に熱心だったコアなふたりだけだった。

そのうちのひとり、前の総務だった大越先輩は、永井豪の世紀末漫画『バイオレンスジャック』をひたすら愛し、

「筋肉はゴリラ！　牙は狼！　燃える瞳は原始の炎！」

と主人公を形容するネームを部室内で定期的に叫んでいる楽しい人なのだったけれど（おかげで部員の大半は、その部分の暗誦が完璧にできるようになっている）、実際は関東地獄地震後の無法地帯に突如現れた伝説の巨人ほどの大男ではなくて、むしろ身長的には小柄なほう、両頰に大きなえくぼの浮かぶ、かわいげのある童顔をしていた。

それでも草野球や草サッカー、筋トレなんかで日々鍛えたらしい肉体は、太い腕、太い

足、太い首、と中量級のプロレスラーのようで、笑うと口許に覗く尖った犬歯は、たしかに牙のようにも見えた。

そんな見かけ通りに、大越さんはパワフルで陽気な先輩だった。

部内の誰かが、なにかを決めかねて悩んでいれば、

「よし。俺が決めてやる」

そばに寄って力強く言い、相手が一番望んでいない答えを、さっと見つけて口にするのだった。

言われたほうは、えっ、と言葉に詰まったり、それは嫌だ、と言い返したりするのだったけれど、その時点で選択肢がひとつ消え、解決に一歩近づいたのは間違いない。

悩む本人がそう気づくころには、大越先輩は大抵、にやりと笑って立ち去っていた。

「大越ちゃ〜ん」

と、その人のことを甘く呼ぶのは、もうひとりの高二、そばかすに巻き毛の矢倉さんだった。

肌は白く、髪も茶系。全体に色素の薄い感じでスタイルもよく、見ようによっては少女漫画の王子さまのような外見なのに、本人の意識は、むしろドジっ子の少女に近いらしい。

いつもふわふわとして、にこにこ笑っていた。それは先輩が中学生だったときも、部の運

営を担う主要メンバーだった去年も、最上級生として参加しているこの合宿でも変わらない。

少女漫画、特にラブコメ好きな人で、まめに部誌に発表している自作も、本気なのか、さすがに狙っているのか、当時、各漫画雑誌に必ずと言っていいくらい載っていたペン字通信教育の広告漫画「日ペンの美子ちゃん」を幼女が描く模写したような画風で、長さが十数ページ。その絵柄といい、すぐに主人公が恋に落ちてはフラレてしまう内容といい、あまりのひどさに部内外を問わず、逆に熱心な読者を抱えていた。

「大越ちゃ〜ん」

と前総務のことを甘く呼ぶのは、矢倉さんのほかにも部内に何人かいたけれど、帰宅方向が一緒で、よく部活後に連れ立って帰るわたしは、きちんと、大越さんとか先輩とか呼んだ。

単に下級生だから、というよりは、人との近づき方に上手くないところがあったのだ。授業をサボったり、勝手に早退したり、生活態度が雑なわりに、まじめ、と周囲から評されることが多いのは、きっとそのせいだろう。

その「まじめ」なわたしと、大越先輩が一緒に校内を歩いていると、

「大越ちゃ〜ん」

と漫研以外の人からもときどき声をかけられた。部室ではのびのびしているのに、教室

では大人しい、というタイプの多いサークルだったけれど（わたしもそう）、パワフルな先輩は、学年でもちゃんと人気者なのだった。

埃っぽい石の廊下を革靴でかつかつと鳴らし、親しげに近寄って来る同級生たちに、愛想よく返事をし、よくスキンシップをし、たまにはぎゅっと抱きついたり、それをきゃっと喜ぶ細身の子を選んでは、ほっぺにチューしようとしたりしていた。

男子校の廊下なのだが。

その学年に、漫研の部員が多かったのには、きっとそういった大越先輩の人なつっこさも影響していたのだろう。

彼らの上の学年は幽霊部員を入れても三人しかいなかったから、やはり人数の多かった「パンジャみのる」さんや「天下太平」さんの代から、二年ぶりの豊作年とも言われていた。

〇

お昼は全員でぞろぞろと炊事場へ行き、薪で火をおこし、飯盒炊爨《はんごうすいさん》をした。

ピクニック気分でアニメのビニールシートを敷き、紙皿と紙コップを使い、おかずは缶詰を開けて、がつがつと食べる。

ここでもやはり、元山岳部の中村草生、総務の江戸川ひろし、そして顧問の岸本先生が準備から活躍した。まずなにをしていいのかわからず、微妙に距離を置いて見守る部員たちに、三人はてきぱきと飯盒に入れるお米と水の量を実演しながら説明し、さらにそこからの手順、飯盒を火にかけるタイミングや、そもそも火のつけ方や、やがてどうなったらご飯の炊きあがりなのかを伝えていた。

「みんな覚えて〜」

おかっぱの髪を揺らす華奢な草生が、左手を高くあげて、ぴょんと飛び跳ねて言った。

「次はやらないよ〜」

バンガローから何百メートルか離れたところにあるその炊事場には、水道が引かれていて、蛇口三つの洗い場の脇に、火をおこして煮炊きをするスペースがあるのだった。

その向こうにバンガロー付近のものよりは立派なつくりの、でも方式は変わらないお手洗いがあり、こちら側の手前、谷に臨み、そのまま崖下に飛び出せそうな位置に、木製の二連のブランコが設えてある。

「おい、君」

はるか向こうの景色を見ているわたしに声をかけて来たのは、煙草を吸いながら人の輪を離れて来た岸本先生だった。しっかり働いていたから、額に汗が浮かんでいる。「いいの？　ちゃんとやり方を見てなくて」

「あ、いつの間にか、こんなところに」

確かに準備の手伝いをしようと、すぐそばにいたはずなのに。いつの間にかふらふらと、景色に引きつけられるようにひとりで移動して、気がつくとブランコに腰掛けていた。

「君、本当にお姫さまだなあ」

美味しそうに白い煙を吐きながら、岸本先生が笑っていた。


先生とキスする夢を見たのは去年の秋だった。

十ヵ月くらい前のことだ。

それまで一度も先生を特別に思ったことはなかったから、目を覚ましてわたしはびっくりした。

どうして？

なんで？

岸本先生と？

キス？

起き上がり、まるで夢が本当のことだったみたいに、人さし指と中指の先で、おそるおそる、唇に残る感触をしばらく探っていた。

大好きな『つらいぜ！ボクちゃん』のヒロイン、男勝りな女子高校生、ボクちゃんこと田島望が、年下のサッカー少年、渡君に慕われながらも、ずっと担任の辻先生に片思いしているのを無意識に真似してしまったのかもしれない。

それともわたしの行かなかった合宿後に、同じ学年のふたり、池田進と中村草生が親しくなって、部室でいちゃいちゃしているのをたっぷり見せつけられたせいだったのだろうか。

部活のミーティング中の、同級生ふたりによる膝枕&キスの嵐。

その強い刺激が目の裏か脳に焼きついて、不思議にねじ曲がったかたちで夢になったのかもしれない。

とはいえ、その夢のあと、わたしが岸本先生のことを強く意識して、意識しすぎて本当に好きになってしまうという、夢きっかけの恋愛のような状態には陥らなかった。むしろ昨日、しりとりゲームのときに隣に座るまで、夢のことはきれいに忘れていた。

先生、という立場の人への抵抗感が、やっぱり強かったのだろう。

そういえば『つらいぜ!ボクちゃん』を読むときにも、わたしは辻先生ではなく、渡君のほうをずっといいと思っていた。


夜はまたランタンの灯りの下、漫画を読み、それぞれに感想をメモにとって、明日からはじまる合評会にそなえた。

ぼちぼちそれにもあきたころに、ポテトチップスやえびせんをつまみながら、二手に分かれてトランプの大貧民をはじめ、やがてまた全員で車座になって、しりとりをはじめた。

　昨日につづいて漫画のキャラクター名のしりとりだったけれど、二日目ということもあったし、どうしても自分が不利だと主張する岸本先生の希望も入れて、民話の登場人物でもいいという決まりになった。

　そのかわり、というわけでもなかったのだろうけれど、負けた人におしおきをしようと誰からともなく言い出し、

「えー、嫌だよ、そういうの」

　反対する声が少しばかり上がるのも、きっと盛り上がりには欠かせないスパイスなのだろう。

「おしおきってなに？」

　わたしは聞いた。基本的に怖がりなので、できればそういった刺激はなしにしてもらいたかった。

「わかんないけど、とりあえずとりあえず」

「誰が決めるの」

「拒否権はあり？」

「うーん。それもやってみてから」

　どうせ遊びだから、と適当にはじめ、何周もする長い戦いとなった末に、総務の江戸川

ひろしが最初に負けた。

「え？　ひろしか。うーん。なんかやって、適当に」

わりとみんなが冷たく言ったので、夏みかん顔の江戸川ひろしはひとり立ち上がって、得意の詩を吟じはじめた。

春はいいなあ。

山のうさぎが上になったり、下になったり。

春はいいなあ、という詩だった。

出典は知らないが、余興をやれと命じられると、ひろしは必ずと言っていいくらいその詩を吟じるので（季節と生き物を替えて、延々つづけられる）たぶん、部員の誰もが聞き飽きていた。

そして次に負けたのは可愛い中三の小早川だった。白い肌。細い手足。ちょっと抜けているように見えるのは、カリメロっぽい髪型と、小さな唇をよく半開きにしているせいなのだろう。タレ気味な目の上下に、長い睫毛《まつげ》がきれいに生えている。

自称、男色評論家のジュンが、

「ねえ、こんなかで、誰が好きか言って」

すかさず声をかけたので、

「またそれかよ」

「しっこい」

と文句が出た一方、答えを知りたい何人かが思わず、ごくっと喉を鳴らすのが聞こえた。

「森」

同じ学年の可愛い子、こちらはちょっと色黒な阿部森を小早川君が指差したので、おそらくみんなも安心のきれいな絵柄が浮かんだのだろう。たった二文字を口にしただけで、小早川のおしおきは終了になり、ただ質問者のジュンだけはやや不満だったのか、無駄に彫りの深い顔をしかめて、

「ダメだよ、それは。女同士」

と、もはや普通には意味のわからないようなことを呟いていた。

それからまた次のゲームに入ろうとすると、

「はいはい」

と手を挙げた高二のルネ・シマール、そばかすの矢倉さんが、

「ちょっとルール変えない?」

と言った。「どうせだったら、負けた人の一個前に答えた人が、好きなおしおきを決めるの」

確かに声の大きな人のおしおき案ばかりが通るのでは不公平だ。

「それはいいね」

矢倉さんの提案に大勢が同意した。

ただ席順どおり、おしおきを決める人とされる人の組み合わせがずっと同じだと、それはそれで飽きたり険悪になったりするかもしれない。一回ごとに逆回りにしようとか、場所をシャッフルしようとか、言い合ううちに、だったら負けた人がどこでも好きなところに入れるようにしたらいいじゃん、というアイディアが出て、

「どこでも好きなところ……」

と喜ぶ者も数名。

では、いよいよ新ルール決定と盛り上がり、前総務の大越先輩が、

「瓜子姫」

といきなり民話キャラの変則攻撃で口火を切ると、つぎは入部のときお世話になった「パンジャみのる」さんと「天下太平」さんの前では、いつまでもピュアな手塚治虫ファンのわたし。

今ここにふたりはいないけれど、

「メルモちゃん!」

と愛しい手塚キャラの名前でつづけ、あまりのスピード敗北に周囲はどっと沸いた。

「姫」

「でっちり姫少佐」

「三秒で終わった」

「メルモでいいのに」

「そうだ。ちゃん、をつけなければよかったんだよ」

「どっちにしろもうだめ」

「さーて、なにしてもらうのかなあ」

みんながわいわいと盛り上がる中、新ルールの権利をはじめて行使する大越先輩はにんまり笑うと、

「立って」

とわたしに言った。

好きな人を言わされる、みんなの前で。立って身構えると、なぜか先輩もすっと立ち、右手の指を二本揃えたり、人差し指一本にしたりしてなにか考えている。その指にふーっと息を吹きかけたり。

え。でこぴんか、しっぺ、なのか。

そんな野蛮な。中三の可愛い子は、好きな子を言って許してもらったのに。

鼻の頭に小さく皺を寄せ、わたしが待つと、

「おしおきっ」

大越先輩は指を一本にして、わたしのおでこを打つようなフェイントを入れてから、そ

の指を下げ、乳首を、つん、とつついたのだった。

ランタンの灯に照らされたバンガローの中、わいわい騒いでいた周囲のみんなの楽しげな空気が、すっと鎮まったのがわかる。

それは先輩が、いきなりしかけた攻撃への戸惑いではなかったのだろう。

空気の変わったタイミングが、それは違うと教えていた。

みんなのわいわい楽しげな声と空気は、大越先輩の指の突撃に合わせて、わあ、とさらに朗らかにゆるみかけ、そのあと急に凍りついたのだった。

「いやっ」

と短く声を上げたわたし、十五歳の〈少佐〉は、両腕で平らな胸を庇うようにおさえ、その場にしゃがみ込んだのだった。

全身を強い電流のようなものが走り、とにかく立っていられなかった。

それがなにを意味しているのかは、まだわからずにいた。

ただ、指先でわたしをついた先輩と、車座になったギャラリーが、まったく予想外の反応にあんぐりと口を開け、または逆にぴっちりと口を噤《つぐ》んで、どちらも言葉をなくしている様子だけは、しゃがみ込み、たぶん耳まで赤くして下を向いた状態でも、不思議なくらいにくっきり、まるで心の目で見ているようにわたしには感じることができた。

第三夜　こいきな奴ら

1

　両腕で胸を隠し、顔を赤くして下を向きながら、わたし、十五歳の〈少佐〉は、それよりも数年前、地元の公立小学校に通っていたころのことを思い出していた。

　五年生だったか六年生だったか。

　とにかく高学年で、半日授業の土曜日だった。クラスの友人たちと、プラネタリウムへ行こうという話になったのだ。男女混ぜて、七、八人くらいのグループだった。家に帰ったあとで駅に集合しようと決めたのだけれど、放課後、そんなに大勢で集まって出かけるのは珍しかったし、私鉄の駅で三つか四つ、時間にすればわずか十分ほどのコースとはいえ、友だちだけで電車に乗るのも滅多にないことだった。

　そのせいで妙に張り切ってしまった、というわけでもなかっただろうが、一旦自宅に帰ってお昼ご飯を食べ、そろそろ出かけようかという頃、ちょうど母親が鏡台に向かってマニキュアを塗っているのを見つけ、わたしは自分にもそれを塗ってくれるようにねだった。母親の爪はくっきりと赤く彩られていて、きれいだった。

「おかしいでしょう、あなたがこれを塗って行ったら」

どこか慌ただしい様子の母親は言ったけれど、それがいい、それを塗って、とわたしはさらにせがみ、

「おかしいわよ。へんな子ねえ……じゃあ、この赤いのじゃなくて」

結局はもっと地味な、ほとんど透明に近いものを塗ってもらうことで納得した。半ば説き伏せられ、半ば粘り勝ちしたような、微妙な同意だった。

それでもすっ、すっ、とマニキュアを塗ってもらった爪を電灯にかざせば、ほんのりピンクがかって、きれいに光る。

やった、と嬉しくなり、

「行ってきまーす」

と普段履きのズックをつっかけ、ぺたこん、ぺたこん、と不格好に走って、みんなと待ち合わせた駅まで急ぐと、

「おーい、小笹どん、早く」

先に来ていた友人がひとり、坂上にある駅舎の外に立って手招きしていた。

ちょうどいい具合に、彼のいるあたりには午後の日差しが強く降り注いでいる。わたし

は駆け寄ると、挨拶もそこそこに、

「ほら、これ」

きれいでしょ、とばかりに、顔の横で、ひらひら、ひらひらと両手を振って、さっそく自慢の爪を見せた。

日の光が爪に反射するのを、自分でも窺って確かめてから、

「ね」

と得意げに友だちのほうを見ると、彼はこれまで一度もわたしに見せたことのない、明らかに困惑した表情を浮かべ、なにも言わずに黙っていた。

そしてそのまま、踵を返して駅舎に入ってしまった。

爪を見せてはいけなかったのだ。きれいにマニキュアを塗った爪を、とわたしが理解したのはそのときだった。

だからそのあとは極力、手をきつく握るようにしていた。女友だちから、小笹笹子ちゃん、マニキュア見せてみ、と明るく声をかけられたときだけは小さく手を開いたけれど、わーわー喜んだ彼女たちも、少し離れると、こちらを見てこそこそと話し、くすくす、くすくす笑っているようで、決して感じがよくはなかった。

終着駅の県民ホールに着き、クラスの幾人かとドーム型プラネタリウムのシンプルな光の星空を見上げながら、わたしはずっと、ひとりぼっちの寂しさを噛みしめていた。

きっと今も、車座になった漫研の部員たちが、同じような困惑顔をしてわたしを見ているに違いない。

ほんのさっきまで、誰を好きとか、誰のそばがいいとか、部内の軽い恋愛話で盛り上がっていたのに。

先輩に乳首をつつかれただけで、いやっ、と大げさな声を上げてしゃがみ込んでしまったわたしのことは、やっぱり持て余すのだろうか。

「じゃあ、次のゲーム行きましょうか」

やがて、こほん、という咳払いにつづいて、池田進らしい丁寧語のおだやかな声が聞こえた。

「そうだね」

「おう」

「つづきつづき」

「四回戦」

張りつめていた空気が、ふっと緩むのがわかった。

それを合図のようにわたしもこっそり顔を上げ、最初に声のしたほうを確かめると、ランタンの灯に照らされる中、背筋をぴんと伸ばした池田進が、アーモンド形の大きな目でこちらを見返し、やわらかく笑っていた。

「さあ、次行きましょう」

繰り返す声を聞けば、やはり最初に口を開いたのは彼で間違いない。

「あ、その前に」

池田進は少し首を傾げ、おかしそうに言った。「場所の移動ですね。少佐、どうぞ好きなところへ」

「おー」

「そうだ」

「新ルール」

「第一号」

「さすがだねえ、カンプグルッペ・アムール君は。大事なこと、ちゃんと覚えてる」

「またそういうことを」

漫画を描くときのペンネームで呼ばれた池田進が、発言者、高二の矢倉先輩を冗談ぽく睨んでいる。巻き毛の先輩は、おどけたアホ顔をして返した。

わたしは立ち上がると、なぜかそばにいるとどきっとする岸本先生とも、みんなの大好きな中三の可愛いふたりとも隣り合わない無難なあたりを選び、詰めてスペースを空けてもらうと、ゆっくり腰を下ろした。

右には同じ学年なのに付き合いのうすい修養部の桜井君。左には付き合いは濃いけれど親しいかどうかはわからない総務で理屈っぽい江戸川ひろしが座っている。

わたしに強烈な「おしおき」をくれた肉体派の大越先輩があちら側にいて、一瞬、ちょっと申し訳なさそうにわたしを見たけれど、しりとりのゲームがまたはじまれば、あとはみんな、もとのままだった。

さっきまで明らかに困惑していたはずなのに、すぐに何事もなかった顔をできるのは、いかにも都会っ子たちだった。

もちろん、わざわざ話を蒸し返して、かばったり、なぐさめたりもしない。

冷たい、というよりは、それが親切なのだろう。

相手がなにかを求めるまで、無関心な様子で放っておいてくれる。

あるいは進学校の生徒たちらしい、ある種の「気取り」もあったのかもしれない。人は人、自分は自分ときっちり割り切って、できるだけ物事に動じないように暮らしている。

普段からそんなところが彼らには——そしてたぶんわたしにもあった。

○

「消灯でーす。隣の人といちゃいちゃしないで、すぐに寝てくださーい」

元山岳部、今年の春まで池田進の恋人だった中村草生が、ランタンの火を落とし、出入り口脇にかけた小さなひとつだけを残すと、二日目も就寝の時刻を迎えた。「どうしても眠れないみんなは、僕の寝床へ集まれ〜」大越先輩のふざけた声が聞こえる。わたしはじゃんけんで選んだ場所、ジュンと江戸川ひろしのあいだに寝ながら、ぼんやり考えごとをしていた。

わたしの中には、やっぱりおかしなやつがいるのだろうか。

きっといるのだろう。

そいつをあまり外に出してはいけない。

そいつをずっと中につないでおかなくてはいけない。

なのにおにいさまが迎えに来てくれると考えると、どうしてもどきどき、どきどきしてしまう。

中三の可愛いふたり、小早川と阿部森が今日は同じ小屋のあっちの隅に並んで寝ているようで、そのことにぶーぶー文句を垂れていた自称・男色評論家のジュンが、ほどなく静かになった。

「ひろしは？　寝た？」

「寝た」

低い声で無愛想に答えた江戸川ひろしが、寝返りを打ってこちらに背を向けた。同じ学年でも、二月終わり生まれのわたしよりは、ふたりとも年上だった。

その意味では、ひろしやジュンにも、おにいさまの資格はあるのだろう。

資格はあるけれども、彼らのほうがわたしに興味を持つかどうかは知らない。たぶん、その好みの範囲にはいないのではないだろうか。

男子ばかりの学校にいると、ちょっと可愛い男の子が、クラスの人気者になるのは案外自然なことだった。当時のあおい学園には、教職員にすらほぼ女性がいなかったから、なおそうだったのかもしれない。

特に第二次性徴期を迎え、ごついものとそうでもないものとに分かれて来ると、小柄で色白、髪がさらさらといったタイプの男の子は、クラスどころか、学年で爆発的な人気を誇ることさえあった。一体なんのために実施されるのか、月一、二回は行われるクラス内の人気投票に、わざわざ他のクラスから何十票も投じられるO君やF君たちのことだ。

わたしは残念ながらそのタイプではなかったのだけれど、そのうちのひとり、O君とは少しばかり付き合いがあった。彼は先の愛される特徴をしっかり備えた上、さらに睫毛がびっしり濃く、肌のきめが細かく、なぜか爪を嚙む癖まである。しかも愛読書が家族愛に飢えた繊細な少年たちを描いた名作少女漫画、三原順の『はみだしっ子』シリーズ。

不安げに目を細め、いつも気弱そうにぽそぽそ、ぽそぽそと喋るので、武将タイプのごつい男たちからは、よほど可愛く見えるのだろう。休日前ともなれば、よそのクラスや上級の知らない男子たちからまで、映画や遊園地やロックコンサートや公園での散歩なんかに誘われ、とにかく断るのが大変だということだった。

「漫研に入ったらどう?」

そういえば彼の少女漫画好きをよく知っているわたしの勧誘も、

「いい。入らない。あ、ごめんね。せっかく誘ってくれたのに」

と簡単に断られてしまった。

もちろんわたしの誘いに他意はなかったけれども。もしO君が漫研に入って、夏の合宿に参加すれば、しばらく騒ぎにはなったかもしれない。

部員も増え、合宿の参加希望者も倍増。

じつは似たような騒ぎはみんなのアイドル、いま中三の小早川と阿部森が入ったときにもあった。ふたりが中二になった春だ。あとひとり、同じ学年の賢そうな、すっと見栄えのいい生徒と三人でいきなり入部して来ると、三人揃ったその華やかさが部内で大きな評判となり、話題となり、噂は各学年を駆け巡り、たぶんちょっと尾ひれもつき、その可愛い三人をひと目見たい、ひと目見せろ、三人娘に会わせろ、と普段あまり定例会に姿を見せない幽霊部員たちや、部内の漫画をさんざん読みつくして仮入部のままやめたはずの者、新たな入部の希望者といった者たちが殺到したのだった。

古い教室をベニヤ板で仕切った部室にまったく人が入りきらない騒ぎに怖れをなしたのか、結局三人組のうちひとりは、

「やっぱり塾に行くので」

と、その定例会のすぐあとに入部を取りやめたのだったが、最初の大騒ぎだったその日、入口ドアのあたりで押し合いへし合いをする中に、わたしたちの学年の者も大勢いて、実際それから六人が新しく正式な部員になり、阿部森と小早川と一緒に夏の合宿に行く、行きたい、と去年はずいぶん盛り上がったのだった。

そのわりにそこでお熱い恋人同士になったのは、誰かと阿部森、または誰かと小早川ではなくて、もとから部内にいた中村草生と池田進だったから、直前の盲腸入院で合宿不参加だったわたしは謎に思ったり、なんとなく可笑しかったりもしたのだったけれど。ともあれ、それはさすがに部外者にもよく聞こえるほどの騒ぎだったから、漫研の連中はちょっとへんだぞ、あやしいぞ、と思われる結果になったらしい。

ただ、そもそもが男子校なのにクラス内で定期的に人気投票が行われるような学園だったし、なにより自由と独立の精神が重んじられる校風だったから、当人たちが開けっぴろげできゃあきゃあ喜んでやっていることに関して、人からあからさまに悪く言われるようなことは少なかった。

2

うとうと眠りかけたとき、ふいに頰を撫でられた。

来た、と身構えたけれど、それにつづく動きはない。

手を取り、目を開けると、となりのジュンが大の字になっただけみたいだった。顔から手を外して、眠り直す。

これで二晩、なにもなかったことになるのだろうか。

夜はあと四日だった。


共同炊事場に顔を洗いに行く、と大越先輩がバンガローを出たのは、翌朝、たぶんかなり早い時刻だった。

「なんで。もう起きる時間？」

「ううん。まだ。全然まだ」

「先輩、水浴びでもするのかな？」

「トイレでしょ。大だよ」

「うんこか」

「ランニングしてくるんじゃないの。ついでに」

「うーん、筋トレかもしんない」

「森ちゃんいる？　大越先輩に誘拐されてない？」

「さすがにそんなことは……。うん。いる。あ。こばちゃんとくっついて寝てる」

「ほう」

「少佐は？」

「姫？　ひとりで口あけて寝てる」

「ねえ、ちょっと焦ったね、昨日の、あれ。おしおき」

「ああ。うん。まあね」

つられて目を覚ましたらしい何人かの、あくびまじりの眠そうな声は聞いたものの、うるさい、と言い返すこともできなかったし、わたしはまだ体を起こせる状態でもなかった。

べつに一緒について行った者はなく、大越先輩がひとり出て行ったようだ、と判断できたのと、あとはやっぱり話題にされているのか、あれ、と昨夜の「おしおき」からの恥ずかしさを思い出しながら、どうにかむにゃむにゃと口を閉じただけで、すぐにまた眠りに落ちてしまう。

もっとも、目を覚まして会話していた部員たちも、ほとんど同じようなものだったのだろう。

やがてトレパンに上半身はだか、首にタオルをかけたレスラー風の出で立ちでバンガローに戻った大越先輩を、お帰り、と迎えた全員が、まだマットの上に寝ていた。

「大越ちゃん、お帰り～」

甘く言う同学年の矢倉先輩がようやく立ち上がって、出入り口のほうへ向かうと、

「え、どうしたの、眉毛」

と素っ頓狂な声を上げた。

「眉毛？」

矢倉先輩の声に反応して、その部分に注意を向けた者が、

「あ」

「眉毛」

「ない」

ひとり、ふたり、三人……と驚きの声を上げた。うーん、とマットに腹ばいになって頬杖をつき、片足を跳ね上げるように曲げ、セクシーグラビアのポーズみたいな格好をした江戸川ひろしが、

「どうしたんですか。大越さん。眉毛、かたっぽないじゃないですか」

と、やけに冷静な声で言う。それで先輩のほうを見ていなかった者たちも事態を把握し、慌てて目を向けたり、立ち上がったりと確認に走った。

「あ、ほんとだ。ない。右だけない」

「なんですか、どうしたんですか」

「あ、まさか」

と近寄った池田進が、てのひらを拳でぽんと叩くジェスチャーをし、なにかに気づいた

ふうに言うと、正解を先に口にされるのは嫌だったのだろう、

「山ごもり」

大越先輩は池田の答えを遮るように重々しく言った。

「ああ、やっぱり」

「うーん。山ごもりか」

もちろん、山ごもり、と聞いて、剃り落とした片眉の意味と由来に気づかない者は、ここ、D菩薩峠のバンガローにはいない。ひとりもいない。いくら少女漫画のほうに明るいわたしや矢倉先輩でも、それは同じだった。いわば、その時代の漫画研究部全体の基礎教養みたいなものだ。

「大山倍達か」

梶原一騎原作、つのだじろう画、『空手バカ一代』は当時の大ヒット少年漫画だった。ネタ自体が教室や部室で話題になることも多い。そのコミックスによれば、極真空手の創始者・大山倍達氏は、山ごもりの修行をした若い時分、里に下りたい気持ちを断ち切るため、片眉を剃り落として、自分を滑稽で醜い風貌にしていたという。そんな顔で街に出れば、いい笑いものになってしまう、という顔に。

「うん。大山倍達だ」

「マス大山だ」

しかしなぜその伝説を、確かに山中とはいえ、六泊七日の漫研合宿でわざわざなぞる必要があるのか。

しかも三日目から、という疑問はさておき、なんとも言えないパワーを全身にみなぎらせた大越先輩は、案外可愛いえくぼを頬に浮かべてにんまり笑うと、

「マス大山、ノー」

と急に片言ふうに言った。

そして親指を立てて自分を差すと、ジャック、と言った。

「アイム、ジャック。マイネームイズ、ジャック。……今日から俺のことは、ジャック大越と呼んでくれ」

五月の文化祭まで部長役を務め、引退して合宿に参加した人が、今さら呼び名を変えてくれと言う。

一体なんのために、という二つ目の疑問はさておき、とにかくその朝から、『バイオレンスジャック』を愛する大越先輩は、正式にジャック大越になった。

○

五月の文化祭で売るオフセット印刷の「熊ぼっこ」。

不定期発行、部内の者が読むコピー誌「ペックス」。

部員はなるべくそのどちらか、できれば両方に作品を描いて発表するよう、代々の先輩たちから言われるのだったけれど、もちろん強制されるわけでも、逆に掲載してもらうのに、なにがしかの労働や金品を要求されるわけでもない。

自由な校風の私立校では、サークル活動への予算分配も生徒の自治に任され、しかも資金は思いのほか潤沢だった。

漫研も毎年そこそこ多くの活動資金を受け取り、それを利用してコピー部誌を発行し、部員やその友人から寄付を受けた雑誌やコミックスを保存するための備品、本棚や透明なブックカバーや整理用のノートなんかを購入していた。

予算の使い具合が翌年の予算額に影響するので、年度末にはやたら文具を購入することにもなるのだけれど、それは街の公共工事のあり方にも似た申し送り事項。オフセット印刷誌「熊ぼっこ」発行のためには、図々しくも中にアドページをつくって、学校近所の商店や大手予備校、進学塾の広告取りもするのだったが、そちらも十年ほど前からの付き合いが大半で、急に断わられることも少なかった。

わたしがその代の会計を任されたのは、総務の江戸川ひろしに選ばれたからだった。

「やってもいいけど。なんで？　たぶん計算苦手だよ。数学苦手」

答えたわたしに、皮肉屋なひろしは、

「小笹だったら、予算使い込んでも、あとでちゃんと返しそうだから」

と言った。

実際のところ、会計はまとまった金額を預かることになり、決算期に不足が出て揉めることも少なくなかった。というか、どこかのサークルで、ということであれば、ほぼ毎年揉めているようなものだった。

だからひろしの言い方はよく現実に即していたし、正直わたしとしても、君なら決して使い込まないから、などと大げさにかいかぶられるよりは、使い込んでも返しそうだと分析されるほうが、気楽だし、話としても面白かった。

でも一方で、そういう無駄にひねくれた言い方をするのが江戸川ひろし。

わざわざ返金の心配なんかしてくれなくても、そもそも盗らないのに、とも思っていた。


カタカタ、カタカタとひろしが8ミリカメラを回している。

バンガロー内の窓際に、片眉のジャック大越を立たせ、剃り落としたばかりの、眉なしのあたりを自分で指差してもらっている。

記録だろうとはわかっていても、なんのために、と言いたくなる。わたしは自分の荷物を開けて腕時計で時刻を確かめ、小さな手鏡に寝起きの顔をうつしていると、

「あ、少佐先輩、また鏡見てる」

もう一つのバンガローからもう合流してきた中二のお子さまトリオのうち、ひとりが大

きな声で言った。

「ほんとだ」

「ほんとだ」

つづくふたりもぎゃあぎゃあと喚く。

「先輩、鏡見すぎですよ」

「いつか中に吸い込まれちゃう」

「世界で一番きれいなのはだあれ」

言いながらひとりがいきなり銀玉鉄砲を撃って来たから、

「やめて」

「やめな」

「ストップ」

と上級生らしく何人かが大人の制止をしたのだけれど、余計調子に乗ったチビのお子さまヒットマンは、きひひ、きひひ、と奇声を発しながらデタラメ撃ちをはじめた。

「ダメ」

「やめろって」

「おーい」

「痛い」

と上級生側もうすい枕やタオルを投げて応戦。それに興奮したのか、銀玉の乱射はなおつづき、まだ朝の片づけ途中の大バンガローはちょっとした騒ぎになった。

「なんで」

「しつこいぞ」

「一体なんのために」

「ああ、戦争の古傷が」

そこで憤然と立ち上がり、お子さまをマットの上に素早く組み敷いたのが池田進だった。いつものやさしい笑顔はかけらも見せず、手から銀玉鉄砲を取り上げ、銃口を相手の口に差入れると、さすがに騒いでいた周囲はしんと静かになった。

「今度やったら撃つ」

と池田はミリタリーマニアらしいやり方で完全に制圧する。

「おはよう、みんな」

チェックのバミューダパンツをはいた先生が、なんの騒ぎも知らない呑気な様子でこちらの小屋に姿を見せ、いよいよ合宿の三日目がはじまろうとしていた。

3

広いほうのバンガローにまたみんなで集まり、午前中はそれぞれ好き勝手に漫画を読み、お昼になってから共同の炊事場（といっても、まだ他のグループを一切見ないが）でハム入りのインスタントラーメンを作って食事を済ませると、しばらくの間、わたしたちはその場にとどまって午後のティータイムを過ごした。

初日の登山道で休憩したときと同じ調子で中村草生が訊ね、ティーバッグでいれた紅茶に、ミニボトルのレモン果汁を振り入れている。

「レモン汁いる人～」

緊急時の貴重な栄養、エネルギー源として購入したはずだったけれど、もちろん平時は酸味を足す調味料として使えばいいのだろう。むしろ下山までに使い切ってしまったほうが、誰が持ち帰るとか、持ち帰ったあとでどうするかといった面倒がなくて、本当はいいのかもしれない。それとも残ったら部室に置いて、お弁当のおかず（鶏の唐揚げなど）に振りかける用にでもするつもりだろうか。

レジャーシートに腰を下ろしたわたしも、水筒のプラスチックコップに注いだ紅茶に、レモン汁を垂らしてもらった。

「もっと？」

いつも通りの気取った仕種で、おかっぱの髪を揺らし、草生が首を傾げて聞く。

「ううん、もういい。ありがとう」

わたしは首を横に振った。こんなとき池田進なら、背筋を伸ばし、目を大きく見開き、ダンケ、と洒落て答えるかもしれない。ふと心の中で思ったことが伝わったみたいに、草生はこちらを見返すと、恨めしげに唇を小さく尖らせた。

わたしよりも先に漫研に入部、知り合ったころにはすでに気取ったポーズと、興奮したときの畳み掛けるような早口が特徴的だった中村草生は、恋人と別れてからこっち、明らかに以前よりも大人しくなった。

ずっと元気がない、というわけではないのだけれど、それこそレモン果汁がいる／いらないと揉めた買い出しのときみたいに、きーきー、きゃあきゃあとエキセントリックに騒いでいる姿を見ることはぐっと減り、むしろ寂しげに、物思いにふけっている横顔を見ることのほうが多くなった。

今も小さく唇をとがらせると、ちょっと儚《はかな》そうな笑みを浮かべて、こちらに背を向けた。

どうして別れたの、池田進と。

ふたり、あんなに仲良かったのに。

部室でずっとキスしていたのに。

春休みには一緒に、武道館までKISSの来日公演だって観に行ったのに。わたしと、総務（になる前）の江戸川ひろしも一緒だったけれども。

あのときはまだふたり付き合っていて、帰りは武道館と同じ区内にある池田のマンションまで歩き、ご両親の旅行中をいいことに、そのまま泊まったのだった。お邪魔なわたしと江戸川ひろしも、ずっと一緒だったけれども。

コンサートの爆音で終了後もずっと耳鳴りがして、もしこのまま治らなかったら、主催のウドー音楽事務所か前座のバウワウに補償してもらおう、KISSは格好いいから無罪、なんて適当なことを大声で話しながら、サイドボードに飾ってあった高そうなウイスキーの封を開けると、ロックや水割りで遠慮なくいただき、四人とも早くに撃沈。かと思えば、深夜、わたしが喉の渇きに目を覚ますと、天井のシャンデリア調ライトに照らされた黒い革張りのソファに、池田と草生は腰掛け、くすくす、いちゃいちゃしていたのだった。

あれは夢だったのか。

酔って見た幻だったのか。

シャツの前を大きくはだけた草生と、そのつるんと白い肌に顔を埋めるように近づけている池田進を見た気がして、わたしはふかふかの絨毯にすぐまた横たわると、瞼を閉じ、寝返りを打った。

いかにも恋人らしく、愛を深めているように見えたふたりだったのに、翌朝にはトイレの使い方のことで口論をしていた。ゲロをはいただけならともかく、大きいほうもしていたとか。そんなの仕方ないじゃんとか。うるさい、ゲロ小僧とか。その朝からだろうか、お互い妙につんけんしはじめ、やがて人前でも刺々しく口論するようになり、ほどなく一気によそよそしくなった。

「別れたんだよね、池田と中村」

新学年になってしばらくすると、部員たちの多くがそんなふうに認識した。それまでの密着ぶりが目立っていただけに、別れにも素早く反応したのだろう。

「なにがあったんだろうね」

「知りたいね、理由」

「うん」

たしかにいつかきちんと訊きたいとは思いながら、なかなか口にできないでいることを、結局、この合宿の場でもわたしは訊けずに呑み込んだ。

かすかなレモンの香りを嗅ぎながら、ふう、と紅茶に息を吹きかける。

「あ、少佐先輩。紅茶に自分の顔をうつしてる」

「本当だ。見てる」

「すごい。なんでも鏡にするって聞いてたけど本当だった」

中二のお子さまトリオがわいわいと騒ぐ声にわたしは苦笑した。一体誰が、そんなデタラメを広めているのだろう。せいぜい、地下鉄の窓をつい見てしまう癖があるくらいだ。

「おーい、ナルシス。気をつけないと、いつか池に落ちるぞお」

8ミリカメラを手にした江戸川ひろしが、アニメ『ポパイ』の登場人物みたいな口ぶりで、笑顔で言う。もしかすると噂の出元は彼かもしれない。ひろしは買い出しで自分が不要と断じたはずのレモン果汁を、べつに気にもしないふうに瓶ごと草生から受け取ると、自分の紅茶にたっぷり注ぐ。それから向こうの池田進にも、

「いる?」

と聞いて手渡していた。

○

すらっとした池田進と、丸っこい江戸川ひろしは、中二の秋、同じ日に入部して来た。聞けばクラスも同じだったから、当然、示し合わせて来たのかと思えば、まったくそういうわけではなく、たまたまだったらしい。

同じ学年では入部の古い順に、根っからの漫画少年・皆川君。エキセントリックな耽美派・中村草生。おっとりまじめなわたし、小笹。と、三人がそれぞれのキャラクターを確立しながら、癖のある先輩たちと付き合い、一学年だけれど後輩も持ち、少人数なりに自分たちの「代」というものを作りはじめていたから、そこに新しいふたりが加わることで、

一体どんな変化が起こるのか。そもそもふたりはどんな人物なのか。どれほどの熱心さで部にかかわるつもりなのか。内心わりと気にしながら、まず仲間になった。

屋上でのバゲットの早食い競争と、池田が神父、草生が尼僧に扮しての結婚式ごっこをよくしたのはその頃だ。

ちょっと幼い遊びだったかもしれないけれど、中二では、そんなこともまだ楽しかった。

「ほら、あの人みたい。演芸の、神父の格好で漫談する人……なんだっけ？　ほら、小笹君、詳しいでしょ」

「イエス玉川？」

「そうそう、イエス玉川」

顔立ちはきれいなのに、一切お耽美趣味を持たないらしい皆川君は、生真面目そうな池田の神父姿を特に気に入っていて、学ランを後ろ前に着てみせるだけで、おかしい、おかしい、ともう頬をほころばせた。毎回参加するわけではないぶん、余計に飽きないのかもしれなかった。

池田進も案外気さくに、そういったおふざけのノリにもつきあってくれた。

わたしは花嫁の役、江戸川ひろしは花嫁の父役を得意としていた。ときどき参加の皆川君が花婿役。花婿がいなくても結婚式を執り行う、かなり適当な遊びだった。

その頃、漫研の活動としては、上の先輩たちの趣味に合わせて、伝説のアニメ名作映画

『太陽の王子　ホルスの大冒険』の自主上映会を行っていた。まだ家庭用ビデオの普及していなかった時代、レンタルのフィルムを借りて、情報誌にお知らせを載せ、休日の視覚室で上映すると、校外から結構な人数が集まった。

入場料は税金がかからないように、九十九円＋カンパ、といった設定にしていたのではなかっただろうか。ホルスとヒルダという登場人物の名前と、ヒルダの声が女優の市原悦子だったという以外、覚えていることは少ないけれど、池田進と江戸川ひろしとは、その活動でも仲良くなった。

ふたりが頭抜けた才能を見せたのは、翌年、文化祭の部誌に載せるため、はじめて自作の漫画を持って来たときだった。

池田のペンネームは「カンプグルッペ・アムール」。それまでコピー誌のほうには作品を発表しなかったから、特別に漫画を描く習慣は持たないのだろうと思って、気軽に、気軽に、まず参加しよ、とアドバイスしていたのに、持参した原稿は繊細なタッチで描かれた、ずいぶん完成度の高いものだった。主人公は欧州人らしい金髪の美青年で、兵隊から戻ってまずホテルに部屋を求めると、予約でいっぱいだとフロントの中年男に断られる。ただし、

「夜を過ごす場所なら、どんな町にでもあるものですよ」

とアドバイスをもらって、街角の娼婦を拾う話だった。そして過ごす夜、戦争へ行く前

の記憶がフラッシュバックする。美しい恋人。結婚式。

「神父さまを殴るなんて！」

のネームとともに、暴れる主人公と崩れ落ちる神父の姿を描いたカットは、年一回発行、文化祭で販売するオフセットの部誌「熊ぼっこ」に掲載されると、その号のベストシーンとして長く語られることになった。

江戸川ひろしも同様に、十四、五歳にしては良質で、センチメンタルなストーリー漫画を描いた。自ら『ポーの一族』エドガーの石膏像を作ってしまうほどの萩尾望都ファンだったので、鼻の影のつけ方（これまでの漫画では、鼻の高い方を「く」や「L」のような線で描くのが一般的だったが、萩尾望都はコマによって、鼻梁の逆側に線を引いて見事に鼻を表現した）に明らかな影響は感じられたものの、自宅のある小田急線S百合ヶ丘の、当時は山と空き地だらけだった景色をアメリカの田舎に見立て、破れる夢を持つことすら難しい若者の苦悩を登場人物たちに語らせていた。

それは子どもらしい皆川君の少年漫画や、耽美派文学の影響を受けながらも、残念ながらデッサン力がなく、書き文字も美しくない中村草生の雰囲気漫画、そしてほんわか男女の恋愛をこちょこちょと描くばかりのわたしの稚拙な作品とも違う。

ふたりはその漫画の才能で、気がつくとわたしたちの学年の中心人物になっていた。

4

バンガローに到着して三日目、十五歳のわたし〈少佐〉は、まだ共同炊事場より遠くへは行かず、ほとんど小屋の中で漫画を読んで過ごしていた。

もちろんそのための合宿とはいえ、果たしてここが山の中である必要があるのか……とわずかでも疑問を持つようなものは、きっともう子供ではないのだろう。

学校であろうと旅先であろうと友人宅であろうと、暇と場所さえあれば、漫画を読んでいて飽きない。もっと幼い頃から、例えば親戚宅への旅行に大量のコミックスを持参した上、現地の書店でも単行本を購入、年数を経ても記憶しているのは、そのとき持参した本と購入した本のタイトルばかり、といったような者が、そもそもこの部に入ろうと考えるのだった。

とはいえ、共同炊事場の脇にはせっかくの遊具、ブランコもあり、それをできるだけ有効に、楽しく使おうとする者たちもいた。部員の中でも、健康的な一派だ。

さっさと紅茶を飲み終え、ブランコを交代で漕いでいた数人が、ジャンプ大会をはじめるのにあまり時間は必要なかった。

なにしろ数人で集まっても、ブランコはふたつしかないのだった。

交代、交代、と慌ただしいばかりでは、きっとつまらなかったのだろう。

「ひいいい、こええ」

そして跳んでみると、ずいぶん刺激もあったらしい。

勢いをつけて順番に跳び、または跳ぶのに失敗しながら、全員が怖さを口にした。そもそも谷に臨んで設置されたブランコは、ちょっと大きく漕ぐと今にも、雑木林の待つそちらに落ちて行きそうな錯覚がして、それだけで十分どきどきするのだった。

しかも揺らす鎖以外は木製、ほとんど丸太を組み合わせたような無骨なつくりなのも、安全性への信頼をずいぶん減らしていただろう。

実際には谷の傾斜まではそれなりに距離が取ってあったから、ブランコの位置から少しくらい跳んでも転げ落ちる心配はなく、あるいは最悪ブランコごと倒れても大丈夫なようには設計されていそうだったけれど、頭で理解していることと、体の反応が違ってしまうのはよくあることだ。

そこをうまくコントロールして、恐怖に打ち克ち、しかも立ち漕ぎから大きく跳んだのは、さすがの肉体派、大越先輩だった。それまでのみんなの記録を大幅に更新して、倍ほども遠くへ、それもぴたりときれいに着地すると、落ちていた木の枝を拾い上げ、ほとんど草むらに近い土の上に新記録のラインを刻んだ。

「すごい、大越ちゃん」

「行った。大越先輩」

「ノー、ジャック。アイム、ジャック大越」

片眉のない先輩が、親指で自分を示して言う。


おい、おい。ビューティ・ペア。

ちょっと、ちょっと。おい。

耳許に小さく呼びかける声が聞こえた。

「なに？」

振り返ると、思ったより近くに、彫りの深いジュンの顔があったのでびっくりした。

「なに」

「なあ。いないんだけど」

「誰が」

「誰？　決まってるだろ。小早川と阿部森だよ」

「ふたり？」

わたしはちょっと間の抜けた声を出した。

「うん」

「え、でも岸本先生もいないよ」

ぱっと見回して、気づいたことを告げた。

「トイレだよ、先生は」

「そうなの？　じゃあふたりもお手洗いかもしれない」

違う、という顔で、ジュンは首を振った。

「見てたから違う」

「見てた……のか」

「バンガローにいるんじゃないかな」

「バンガロー？　なんで」

「先に戻ったのかもしれない。なあ、ビューティ・ペア」

ジュンはきつく目を細めて、わたしを勝手なあだ名で呼んだ。「見に行こうぜ」

「どこに」

「バンガロー」

「なんで」

「ふたりきりにしたらよくないだろ」

「でも、なんで一緒に？」

わたしが、と自分の顔を指差して言うと、

「いいじゃん。来てよ。どうせブランコしないだろ」

不思議と甘い調子で誘うと、

「おーい、若獅子」

もうひとり、勝手なあだ名で呼ぶ相手にもジュンは声をかけた。「バンガローってカギかかってないよな」

「おー、かかってない」

丸顔でぽっちゃり体型の割に、意外と運動神経のいい、スキーやスケートも得意な江川ひろしが、ブランコを大きく立ち漕ぎしながら答えた。

彼がひゅっと空を飛ぶのを見てから、ジュンのあとにつづく。ここまで十五年の人生、漕いだブランコから跳ぶ、という発想は、わたしにはなかった。ずっと運動音痴で、とろかったのだ。

「ねえ、ジュンって早生まれだよね。一月だっけ」

「一月」

とジュンは言った。「十八日」

「一月十八日か」

「なんで?」

「なんでもない」

やっぱりおにいさまの資格はあるのか、とあらためてぼんやり考えていた。

5

ビューティ・ペアは、ここでちょっと待ってて。

バンガローの手前まで来ると、ジュンは声をひそめて言った。

いるよ、ふたり。

俺の勘、当たるから。

そして入口のドアは使わずに、脇に回り込むと、長い手足を持て余すようにしゃがみ、建物に軽く背をもたせかけて、窓の手前まで行く。そこからゆっくりと頭を上げたジュンは、中をそっと覗くと、尻餅をつきそうな勢いでまたしゃがみ、こちらへ戻って来た。

いた。ふたり。

重なって寝てる。

口惜しそうな声で言うと、

「よし、入るぞ」

ゆっくり立ち上がった。「現場を押さえてやる」

そしてドアを力いっぱい開けると、彼の言う通り、中三の可愛いふたり、小早川と阿部森がバンガローの中で横たわっていた。

けれど、重なって寝てはいない。ふたりはハの字に寝て、それぞれ漫画を読んでいるみたいだった。

「あー、おかえりなさい」

垂れ目でぽわぽわとした小早川が喋ると、周りにふんわり花が咲いたようになった。

「先に戻っちゃいました」

「同じです」

とつづけた阿部森のほうは、くっきりとした目と小さな顎、ショートカットの美人女優みたいな顔立ちをしているのだけれど、その整い方に隙がないのと、ふだん口数が少ないぶん迫力がある。小早川よりはだいぶきつい印象を受けた。

勢いをつけて踏み込んだくせに、読みが違ったと知って、ジュンは困ったふうにたたずんでいた。

こんなときのために、わたしに同行を求めたのかもしれない。面白いのでちょっと三人にしてみようと、わたしはそのままバンガローに入らずにいると、すぐに上から他の部員たちが戻って来るのが見えた。

「おーい、少佐ちゃん」

陽気に声をかけてきた大越先輩は、頬をすりむいているようだった。

「大越さん……ジャック。どうしたんですか」

「二回目、転んだ」

言うと、にやり笑う。

「やっぱり、あぶない」

「ジャックちゃん、薬取ってくるね。それとも中入る？」

中村草生は、こういうとき、とても世話焼きだった。レインボー戦隊でいえば、看護婦ロボット・リリの役でも演じているつもりだろうか。

「うーん、ここにいる」

ジャック大越は草生に言い、それから頬にえくぼを浮かべて、わたしを見た。

いきなりいけないおしおきをされたのは、まだ昨夜のことだった。恥ずかしいような気まずさが、正直少し残っている。

「眉毛、急にどうしたんですか」

頬のキズとは逆のほうの、剃った眉についてわたしは聞いた。大山倍達の真似は間違いないだろうけれど、急に剃ったことの意味が、本当はよく理解できなかった。もしかすると、なにかわたしに関係しているのではないか。自意識過剰なわたし、十五歳の〈少佐〉はそんな推理もしていた。

「これ？」

ジャック大越は、眉跡を指差し、

「おわび」

と、あっさり言った。「あと、話題をここに集めようと思って」

「話題？」

「おしおきのこと、みんながどうでもよくなるように」

「本当に？」

「うん。本当に。上手く行った、かな」

得意のえくぼを浮かべようとしてキズが痛んだのか、ジャックは小さく顔をしかめていた。


それからいよいよ一回目の合評がはじまった。

そもそも合評、というのが一体なにをするものなのか。

単なる読書会の言い換えで、なんとなく、作品を読んだ感想をみんなでわいわい楽しく言い合うのだろうと、わたしは軽く思っていたのだけれど、いざはじまってみると、そう単純なものではなさそうだった。

確かに、山に持ち寄る本を決める段階で、ずいぶんな喧嘩になったくらいだ。山上たつひこなら『がきデカ』でいいじゃん、いや『喜劇新思想大系』のほうが面白い、バカ、『光る風』だろう、とか。わかっているとか、わかっていないとか、素人《しろうと》とか玄人《くろうと》とか半可通とか。

でもさすがに合宿に入ってしまえば、そんな喧嘩じみたやり取りもないだろう。中二の子たちもいるんだし、ここは仲良く、と思う心を、総務の江戸川ひろしがいきなり打ち砕いた。

新たな戦時体制へと向かう近未来の日本を舞台にした『光る風』という、大人気変態少年ギャグ漫画『がきデカ』をヒットさせたのと同じ作者のものとも思えない重く暗い作品にまず驚き、戸惑い、登場人物にもほとんど感情移入ができなかった、と素直な感想を述べた中二のひとりに、わたしや高二の矢倉さんも、うんうん、そうだよね、戦争だもんね、とやさしくうなずいていると、

「いや。そもそも物語っていうのは、誰か登場人物に感情移入して読むものじゃないから。そういう読み方は間違ってるから」

金田一耕助ばりに頭をかきむしった江戸川ひろしが、うーん、とうなりながら喋り始めたから、そこからの面倒くささを覚悟した。他にも今日取り上げる作品をいくつか決めてあったから、それぞれに好意的な感想や大勢の納得できるような意見が出れば、それですんなり終わっていいと思うのだけれど、きっとそんなわけにはいかないのだろう。実際、それからも誰かの意見に対し、わざと反論してでも話を長引かせるのが、江戸川ひろし……と、意外にも岸本先生。

やがてわたしは向こうにいるジャック大越の片眉や、粉ジュースの入ったコップにうつる自分の顔なんかをじっと見ては、

「おーい、ぼんやり姫。意見は？」

と岸本先生に笑いながら声をかけられるようになってしまい、はじめてこの合宿のきつさを真剣に感じはじめた。

もういいよ、あれは、と漫画少年・皆川君が合宿の不参加について言った意味のうち一つは、きっとこういう面倒くささもあったのだろう。

山で議論。

ともあれ、夕食休憩をはさんでみっちり三時間ほど。漫画の読み方についてみんなが意見を戦わせるのを聞き、つらい、漫画はもっと楽しく読みたい、としみじみ思いながら、ようやく解放されてふと自分の荷物をさぐると、ポケットに覚えのない紙が入っていた。

おにいさまからの新しい手紙だった。

第四夜　花ぶらんこゆれて……

1

その頃、「テレビ」と言えば、もうとっくにカラーの受像機のことをさすのが当たり前だったけれど、電気の引かれていないD菩薩峠のバンガローには、もちろんもっと旧式の、白黒のおんぼろテレビだってない。

かといって、かわりに麓の町から、半日や一日遅れの新聞が届くわけでもなく、だったらせめて誰かひとりくらい、漫研の部室にあるどでかいラジカセ（先輩の置き土産）を持って来るのは重くて無理にしても、携帯の小さなラジオでも持ち込めばよさそうなものだったけれど、わたしの知るかぎりでは、三十五年前の夏、登山道から林の中へ下りたその合宿の地に、そういった文明の利器、世間の情報を知るためのツールを持って入った者はいなかった。

電気製品といえば、何本かの懐中電灯と、岸本先生が自分用と貸し出し用に持ち込んだ電池式の細長いシェーバーがあったくらい。

鳴り物はないので、音痴な江戸川ひろしの鼻唄（ドン・マクリーンの「アメリカン・パイ」とか、クロスビー、スティルス＆ナッシュの「ヘルプレスリー・ホーピング」とか、ボブ・ディランの「モザンビーク」とか）を結構しっかり聴かなくてはならない。

となると、やはり誰かがラジオを持ち込めばよかったのに、とは思うのだけれど、何年も繰り返し合宿に訪れていたという場所のことだったから、今あらためて思えば、単に全員がうっかりしていたとも考えづらい。

実際はよほど電波状況が悪くて、相応の機材でなければラジオ放送を聴くことができなかったのかもしれない。

あるいはあえて情報を遮断することで、合宿に集中する効果を期待していたのか。

いずれにしろその合宿中には、どんなに大きな事件が世間を騒がせていても、それをすぐ知る方法がわたしたちにはまずなかったし、そろそろシーズン終盤に差しかかったプロ野球の結果も（メンバーのうち何人かは、ジャイアンツやライオンズ、タイガースといったチームの熱心なファンだったはずだ）、先生は買っていたかもしれない株や為替の値動きも、明日の天気予報さえもまったくわからない。

そうやって迎えた四日目は、合宿の折り返しの日だった。

靴脱ぎの隅に、平たい石が四つ重ねてある。初日からずっとこつこつ置いてあったのか、それとも途中で思い立って、いくつかまとめて置いたのか。朝の弱いわたし、十五歳の〈少佐〉は、昨夜、石が三つあるのにはじめて気づいたからそれ以上詳しくは知らないのだけれど、とにかく今日が合宿の何日目かを、その石でしるしているらしいということはわかった。

もっとも、いくら世間の情報が入らないとは言っても、カレンダーくらいなら、先生はじめ、何人かの腕時計に日付表示がついているはずだった。急に全員がわからなくなる、ということもなさそうだから、さすがに誰かがこっそり自分用のサインにしているか、いかにも漫研のメンバーらしい遊び、「漂流」ごっこ、そうすることで、より一層、世間から隔絶された感じを楽しんでいたのだろう。

窓とドアを開け、たっぷりの日と新鮮な空気をバンガローの中に入れる。

それを味わいながら、朝食後、さっそく朝の合評会をした。

陸奥A子、太刀掛《たちかけ》秀子、田渕由美子。「りぼん」の人気漫画家、乙女ちっくな作風で知られる若い三人の作品について話すと、昨夜の重苦しさが嘘のような楽しいものになった。

あの気むずかしい、臍曲がりの、へちゃむくれの江戸川ひろしも反省してくれたのだろうか。

「三人のうち誰が好きか、みんな順番に言おうよ」

「うん、ぼく、陸奥A子」

「おれ、デコたん」

「田渕由美子先生」

「ゆみこさんかな」

「わたくし、太刀掛せんせ」

「デコたん」

「絶対絶対に陸奥A子さま、『たそがれ時に見つけたの』が一番」

といったまるで駅前喫茶店での、激安モーニングセットをいただきながらのほのぼの茶飲み話めいたやり取りにも、江戸川ひろしは頭をかきむしらず、にやにや笑っている。まるで二重人格のようですらある。それとも、まだ半分夢の中だったのだろうか。

「どうせ○○くん好き、とか思って読んでるんだろう」

と一回茶々をいれたくらいで、それもぽわっとして可愛い中三の小早川が、

「はい」

と恥じらいもせずにうなずくと、窓からはちょうど爽やかな風が吹き込み、外ではかさかさ、かさかさ、と木の葉の擦れる音がしていた。

中二の子どもトリオは、まだ銀玉鉄砲を愛するスナイパーたちなのに、ひとりが「なかよし」の漫画が大好きだったから、そちらに話が脱線して戻って来ない。『キャンディ・

キャンディ』のヒロインが健気で可愛いとか、丘の上の王子がどうとか。

十一時前くらいに予定のスケジュールを終え、休憩、自由行動の声がかかった。

共同炊事場まで、またブランコをやりに行こうよと、ジャック大越を中心に何人かが話しているのを聞き、昨日すりむいた顔のキズも治っていないのに、と少し心配して見ていると、

「行きたい」

「行こう」

「行く」

「行こうぜ」

と参加希望者がどんどん増え、

「じゃあ今日はこれからジャンプ大会にしようか。合評もうまく行ったし、あとは運動しよう」

顧問の岸本先生まで乗り気になった。

「少佐も、少佐も行こうよ」

はじめ、高二のふわふわした矢倉さんの誘いには、

「えー、いいですよ、ブランコ苦手だし。ここで留守番してます」

わたし、十五歳の〈少佐〉は気乗りのしない声で答えたのだけれど、

「ほら、そんな協調性のないことを言わないで。みんな行くんだから、姫も行こう」

岸本先生にたしなめられて、考えをあらためた。

ブランコは苦手でも、行って応援をすることならできる。せっかくみんなと合宿に来ているのだから、ひとりだけバンガローに残るのも、確かに協調性に欠ける話だった。

「ねえ、姫って呼ばれたら、急に返事が変わったね」

「それより姫って呼ばれた瞬間に、もの凄い速さで先生のほうを見たよ」

「姫なのか、やっぱり」

「嬉しいのかねえ」

「わからん」

みんなのからかいの言葉にも負けず重い腰を上げ、バンガローをゆっくり出ようとすると、

「あ、ちょっと待って。ビューティ・ペア。ちょっと」

もうひとりの協調性のない男、ジュンに呼び止められた。

「なに」

「ちょっとだけ、話」

刑事みたいな黒い手帳の端を持って、ひらひら、ひらひらさせている。

それは男色評論家を自称するジュンが、みんなに聞いた情報を本当に書きつけているビ

ジネス手帳で、もう真面目なのか冗談なのか、あやしい仲だと思われる部員の名前が線で結んであり、○×△といった記号と、聞き取った情報のメモが添えてあるのだった。

新情報をもとにしょっちゅう内容が更新されているから、ちびた鉛筆で、かなりびっしりと文字が書いてあることは知っていた。

そこになにも付け加える情報はないけれども、と思いながらわたしは、ジュンがこちらに歩いて来るのを待つ。

2

ジュンお気に入りの阿部森に、声をかけられたのは今朝だった。

ようやく全員が起き出し、顔を洗うとか、トイレに行くとか、濡れタオルで体を拭くとか、ちょっと体操をするとか、あっちの林の上にＵＦＯが見えたとか、みんながばたばたと、朝の出入りをはじめたころだ。

バンガローの中にふっと人が少なくなったタイミングを見計らって、わたしは素早く着替えをはじめたのだった。

誰も見ないように。

誰にも見られないように。

そしてうまく気配を消しながら、よし、と完璧に済ませたつもりが、

「もしかして、恥ずかしいんですか？　着替え」

少し笑いを含んだ声をかけられて、振り返ると阿部森がこちらを見ていた。

いつも一緒にいる小早川が、そばにいないのが妙に新鮮だった。

森もちょうど着替えを終えたところだったようで、丸首Tシャツをずぼっとかぶったあとの、ぺちゃんとなった前髪をかき上げていた。

きれいだけれど、きつい目。

恥ずかしい、と正直に答えてはいけない気がして、わたしは曖昧に笑った。

なにが恥ずかしいのか。

なんで恥ずかしいのか。

クラスの友人よりは、ずっと親しみを覚えやすい仲間の多いこの場所でも、わたしはそれをうまく説明できる自信がなかった。

自分自身、気持ちを持て余しているところがあったのかもしれない。素直に自分の感情を受け入れられた時期は、きっと思春期を前に過ぎ去ったのだろう。

苦手、というくらいの、軽い言葉に言い換えられればよかったのかもしれない。

なんか、みんなと一緒に着替えるの、苦手なんだよね、とか。

居心地が悪いとか。落ち着かないとか。

でも、どう言い換えても、その理由を訊かれるか、奇妙さを指摘されれば、結果に変わりはない。

言葉に詰まったまま微笑んでいると、声をかけた阿部森のほうが、少し気まずそうにしていた。


「それでビューティ・ペアは、今、誰が好きなんだよ」

本当はそれほど知りたくもなさそうに、ジュンが訊いた。長い脚を折り曲げて座ると、手帳をめくり、ちびた鉛筆の先を紙に当てる。

「うーん、岡田裕介」

わたしもバンガローのへりにぺたんと腰を下ろして、そんな答えを返した。

「って、俳優の？」

「うん。『赤頭巾ちゃん気をつけて』の」

「見た、並木座で」

「あと岸恵子も好き。『約束』」

「そういう話じゃないだろう、ビューティ・ペア」

「じゃあ、加瀬くん」

「それ誰」

「『初恋時代』。岩館真理子の」

「漫画か。じゃあ嫌いなのは？」

「セキヤ」

「ああ、『漂流教室』のこわいやつね」

さすがに漫研の部員。そこは彫りの深い目元にかっこよく皺を寄せて、共感の表情を見せる。小学校全体が人類滅亡後の未来にタイムスリップする楳図《うめず》かずおの『漂流教室』では、校長や先生たちが事態を受け入れられずに自殺したりおかしくなってしまう中、ずっと児童たちに軽く見られていた気の弱い中年男セキヤが、急に子供たちを支配しようと凶暴性を露わにするのだった。「漫画じゃなくて、本物の男で。漫研の中では？」

「嫌いなの？」

「好きなほうだって」

「べつにそういう人はいないんだけど」

「嘘はやめろよ」

「嘘じゃないよ」

「じゃあ、質問変える」

ジュンはあっさり引き下がった。「こばともりなら、どっち？」

こばが小早川、もりが阿部森。本当にそこから離れるつもりがないみたいだった。

「かっこいいのはもり、かわいいのはこばかな」

「好きなのは？」

「さあ、べつにどっちも」

「だめ、絶対どっちか選べって言われたら、選ばなかったら殺す、ってセキヤに首絞められたら」

「じゃあ、もり」

「ふーん、やっぱもりか」

ジュンは濃い睫毛をばっさと揺らし、目を伏せると、もはや男色カルテのような手帳に、なにか書き込んでいる。ビューティ・ペアはもりが好き、とでも書いているのだろう。今日の日付入りで。これは定期検診だったのだろうか。

「いいや。じゃあ、そろそろ行こうか」

「うん」

問診終了。


ジュンとふたりで遅れて共同炊事場へ向かうと、みんなが昨日のジャック大越の記録に挑戦しているところだった。

記録にチャレンジして、次々はね返されている。

中三の可愛いふたりも、中二の子どもトリオも、やがてバミューダパンツ姿の岸本先生まで跳んだ。先生はよろけて足をひねりそうになり、でもぎりぎり大丈夫だったみたいだ。

ジュンも跳ぶ。

「まだやってないのは……少佐」

高二の矢倉さんが、わたしを指名した。

「えー、無理です」

気づかれたか、と顔をしかめながら、慌てて辞退した。

危ないことは嫌いだったし、運動神経には、昔から本当に自信がない。

あおい学園に入って一番嬉しかったのが、学園紛争の影響で運動会がなかったことで、悲しかったのは、その影響を脱して、あっさり行事が復活してしまったことだった。

跳び箱は跳べない、懸垂はできない、逆上がりはできない、側転もできない（着替えも嫌）。

なにしろ小学校低学年のお昼休み、朝礼台に腰掛けてのんびり日向ぼっこをしていたところを、悪戯な上級生たちにどんと背中を押され、同じようにされた男女児童たちが、すた、すた、すた、と何人も順番に着地する中、ひとりだけ思い切り顔面から校庭に突っ込んで、前歯四本を折ったわたしだった。

しかも担任の先生からは、押した上級生も悪いけれど、顔から落ちた小笹もどうかしている、鈍すぎる、と両成敗の判定を下されたほどの運動神経のなさだった。

「無理……跳べないです」

「なんで」

と幾人かの声が重なった。

「ジャンプ、ジャンプ」

「跳べるよ、こわくないよ」

「ほら、座って座って」

「少佐先輩、おしりがはまっちゃうかも」

「姫って言ったらやるかも」

「お姫さま」

「姫先輩」

「でっちり少佐姫」

みんなの励ましと注目を浴びて、こわごわとブランコに腰をおろしたわたしは、地面を蹴ってひとまずゆっくり漕ぎ始めると、昨日の夜、自分の荷物のポケットで見つけた、おにいさまからの新しい手紙を思い出していた。

ドンマイ、姫、とその手紙には書いてあった。

ドンマイ、姫。

そのドンマイ、とは、一体どの件について言ったものなのか。

おそらくこの合宿中のことだから、あの大越先輩のおしおきに、思わず胸をおさえ、しゃがんでしまったことだろうとは推測できたけれど、あらためて心の中で繰り返すと、これから先の失敗まで、べつに気にすんなよ、としっかりケアしてくれているようにも思えて、不思議と気持ちがあたたかくなった。

ドンマイ、姫。

「姫、飛べますよ」

池田進の声にハッとした。

よし、とそれから自分なりに精一杯の漕ぎ方をしたつもりだったけれど、やはり運動音痴。そこから飛び出す勇気も方法も持たなかった。

しかもちょっと大きく漕ぐと、もう谷に落ちそうだ。

ようやくスピードに乗ってきたところで怖くなり、結局、地面を何度もこするように足をばたばたさせてブランコをとめ、

「やっぱり無理、です」

あらためて申告すると、

「なーんだ」

「跳べばいいのに」

「手、はなすだけなのに」

　ちょっとがっかりしたような声は上がったものの、

「よーし。じゃあ少佐ちゃんは記録なし。０センチ。でも拍手」

　この場を支配する記録ホルダー、自分の記録したラインに立つジャック大越は、さすが五月までは総務だった人だ。一応の頑張りを評価してくれるやさしい調子で言ったから、みんなもぱちぱちと手を叩いてくれて、気まずい空気にはならなかった。

「二回目、跳ぶ人」

「はーい、俺行く。俺」

　どこか無人島に流れついた子どもたちが、今後の権力争いを兼ねた遊びでもしているような、そんな謎の勢いに気圧されて数歩下がると、まだ午前中の路を歩いて来る赤シャツの登山客が目に入った。

　たぶん三十歳くらいの、大人の男の人だった。

「おーい」

　と手を振るその人に、それが山の挨拶だろうと同じように手を振ると、

「おーい」

　と手を振りながら、頬を赤くしたおじさんがにこにこ近寄って来たから少し怯んだのだけれど、

「小笹」

と声をかけられてようやく誰だかわかった。

この春に卒業したばかりの漫研ＯＢ。入部のときからお世話になった先輩、「パンジャみのる」さんだった。

3

「パンジャみのる」さんには、入部からしばらくのあいだ、本当にお世話になった。

新入りの手塚治虫ファンとしてとにかく歓迎してくれ（わたしが好きだったのは狼男のトッペイとチッペイ、あとは女に化けるのが得意なロックの活躍する『バンパイヤ』と、妖怪に奪われた体を取り戻そうと戦国の世を旅する青年・百鬼丸と孤独な浮浪児の冒険怪奇物語『どろろ』、かなり積極的な性教育漫画『やけっぱちのマリア』と『アポロの歌』などだったが）、先輩が長を務める部内の蔵書を整理する係、図書委員の見習いとしても、一年ほど活動をともにした。

「パンジャ先輩。どうしたんですか、こんなところで。ひとりですか」

わたし、十五歳の〈少佐〉は驚きつつも歩み寄った。まるで偶然出会ったように口にしてしまったけれど、Ｄ菩薩峠の山中で、漫研の先輩に偶然バッタリ出会う確率は相当に低かっただろう。赤いシャツの色に照らされたように頬を紅潮させた先輩は、違う違う、とばかりに、笑いながら首を横に振っている。

「僕は偵察。とりあえずみんな、あっちで待ってるから」

小さめのリュックを背負ったパンジャ先輩が、自分の来たほうを示して言ったのを聞くと、は？　みんな？　と首をかしげるしかなかったわたしに代わり、

「バンガローのほう？　もう、道から下りちゃった？」

細い腕を振った中村草生が、嬉しそうに近寄って来て、素早く話を引き受けた。わたしより半年ほど部歴の長い草生は、もちろん先輩たちとの付き合いも、そのぶんだけ長かった。

「いや、田坂が下に様子見に行ったけど、誰もいないみたいだって戻って来たから、今は道にいると思う」

「わかったぁ。じいやちゃんは、ここで休んでて」

パンジャさんを風貌と穏やかな人柄から、じい、とか、じいやと呼ぶ部員も幾人かいるのだったけれど、草生は親しげにそれに「ちゃん」をつけて呼ぶと、勢いよく登山道に飛び出し、おかっぱの髪を揺らし、小走りで行く。

ほどなく同じく手塚ファンの「天下太平」さん（本名・田坂誠）、真ん中分けしたさらさらの髪が腰近くまであるお耽美部員「ＫＧＢ」さん、空想科学マニアの「Ｕマン」さん、

資産家のご子息で、東大理一現役合格の「金満」さんの四人を連れて戻って来た。

「知ってた？　みんなが来るの？」

驚いたわたしが池田進にこっそり訊ねると、

「ええ。知ってましたよ」

すらっと背の高い、目の大きな同級生はおかしそうに言った。「知らなかったんですか、少佐は」

「うん」

いつの間にか、姫が少佐に戻ってしまった。

急にみんなの離れたブランコの陰では、中三の美少年ふたり、阿部森と小早川が、「おしおき」「きゃははは」「おしおき」「やーめーて」などと騒いでいる。気になって見やると、阿部森のほうが両手の人差し指を突き出し、小早川の胸を突こうとしているところだった。そのふたりをこちらから、しゃがんで見ているらしいジュンの後頭部も見える。

「いやあ、何回も話題になりましたよ。ここに来るまでに」

池田進はＯＢの訪問について、変わらず話していた。

「じゃあ聞き逃したかもしれない」

わたしは視線を戻して言った。

「かもしれない？」

「……聞き逃した」

「はい、そうですね」

教員のような口調で言う池田に、おどけて小さく舌を出した。

ＯＢたちをまず積極的に出迎え、ねぎらっているのは、ジャック大越、江戸川ひろしの新旧総務ふたりだった。

「お疲れさま」

「荷物、重くなかったですか」

「平気。それより大越、眉毛が片っぽないのはなんで？」

首筋の汗をタオルで拭きながら「金満」さんが威圧的に訊く。

「これは山ごもりのため。自分ですぱっと剃ったんです」

ジャック大越がにやりと答えた。

「ふーん、素敵じゃない。マス大山」

さすがに「金満」さんも漫研ＯＢ、ネタ元の『空手バカ一代』にはあっさり気づいたようだった。

「ありがとうございます。ジャック大越と呼んでください」

「いらっしゃーい、ＯＢのみなさん」

なにがあってもそんなことをしている年頃なのだろう、三人で脇腹を突き合いながら近寄って来た中二のお子さまトリオの、笑いながらの出迎えに、さらさらロングヘア、フランス語の得意な現役私大生、「KGB」さんが眉をひそめると、急にわたしのほうを見た。

「ねえ、小笹。OBってどういう意味？　なんの略？」

短めのTシャツの裾から、縦長のお臍がのぞく。

「OBですか？　オールドボーイです」

「そう。女の卒業生は、OGっていうの、オールドガール」

さらさらの髪をかき上げて「KGB」さんは言った。「じゃあ、私はなに？　小笹、この子供たちに教えてあげて」

「……OB」

「あら、小笹ったら、立派に面白いこと言えるようになって」

「KGB」さんは、ふん、と鼻息を荒げ、おしりのポケットから、くちゃくちゃになったフランス煙草のパッケージと、使い捨てライターを取り出した。一本くわえて、かしゅ、かしゅ、かしゅ、とつきの悪いライターを何度もこする。横からしっかりした男前、「Uマン」さんが、火を点けた自分のジッポを差し出した。

姿を見せたのは全員、三月に卒業したばかりの先輩たちで、高校二年の五月までではかの役職が代替わりしてからも、ずっと図書委員の責任者だった永世図書委員長「パンジャみのる」さん以外、あまり下のほうの学年とのつながりは密でなかったにしても、一応、中二のお子さまトリオまで、ちゃんと顔見知りの学年だった。

とはいえ、わざわざ後輩たちに威張り散らすために、山の中までやって来るようなマッチョで堅苦しい先輩たちではなかったし、そもそもそういう部活でもない。

聞けば「金満」さんの免許取り立てのドライブがてら、仲よし五人で東京を出発、県道を使って峠をだいぶ登り、自慢の金満カーを休憩所の駐車場に預けると、脇道から登山道に合流して来たという。そんなお気軽な合宿訪問のようだったけれど、現在、美大を目指して一浪中、ギャグ漫画みたいなゲジゲジ眉毛の「天下太平」さんが肩にかけたクーラーボックスを開けると、中には瓶のジュースが何本か入っているのが見えた。

オレンジ、オレンジ、グレープ、グレープ……。

世間の情報や物資からすっかり隔絶され、バンガローの靴脱ぎの隅に誰かが積み上げた平べったい石の数も四個目。

くみ置きの水でといた粉ジュースを大切に大切に飲むのが小さな幸せ、といった現役部員の多くは、ごくり、と唾を飲んでから、あらためてOBとジュースに熱烈な歓迎の声を上げた。

「ほしい？　じゃあ、みんなで分けなよ。飲んでいいよ」

なぜかもったいをつける「天下太平」さんが、クーラーボックスに一緒に入れてあった小さな栓抜きですぽん、すぽん、と器用に開けてジュースを差し出すと、しゅわっと炭酸であふれかけた液体を一滴たりともこぼさないようにと、受け取った矢倉先輩と江戸川ひろしが慌てて口をつける。

すぽん、すぽん、ともう二本。

共同炊事場とはいえ、とりあえずみんなはブランコ遊びをしに来たところで、うっかりというか、段取りが悪いというか、先を見越していないというか、とにかく遊びたい気持ちが先走ったというか、誰もまだ食器類を用意していなかったけれど、もちろんそんな集まりだったから、一旦バンガローにマグカップや紙コップを取りに戻ってから飲もう、といったまどろっこしい提案をする者もいなかった。

渡されたジュース四本を、学年関係なく、近くにいる順にごくごく、ごぼごぼと回し飲みをする。

阿部森と小早川も加わり、その列にジュンも並ぶ。「俺もいいか」と岸本先生がそこに参加。そして合宿参加者全員が、ジュースを飲んでひと息つくと、

「食料到着！」

ようやく中村草生が嬉しそうに言った。

ジュースばかりに目を奪われたクーラーボックスの中には、そちらが本来の差入れ品だったのだろう、お肉屋さんの竹の皮の包みが入っているようだった。他のＯＢたちも、リュックや手提げににんじん、じゃがいも、たまねぎなんかをたっぷり運んで来てくれたら

しい。

　だから午後にはみんな、共同炊事場でカレーを作ることになった。

4

　ぽろん、ぽろぽろん、と小ぶりなガットギターを「Uマン」さんがつま弾き、横に立ったジャック大越が吠えるような、力強い歌を聴かせてくれる。

　炊事場では、交代でカレーの支度がはじまっている。

　ペイズリー柄のストラップのついたギターは、特撮ヒーローみたいなカウボーイハットをかぶり、ベルボトムのジーンズをはき、今は木の切り株に腰掛けている「Uマン」さんが、かっこよく背負って来たものだった。ジャックの太い歌声に、気取ったような細い歌声が、横からすっと近寄って来てハモる。きれいな発音の英語を使うその声の主は、OBの「金満」さんだった。

　小太りな「金満」さんは昔から口が悪くて威張っていたけれど、賢いし、本当は心根のやさしい人みたいだった。わたしが漫研に入って一年ほど経ったころ、朝、母親の具合が悪かったので、今日は放課後の部活を休んで帰りたいと、一応部室まで行って申告すると、

「え、なーに？　おまえんちはお手伝いさんもいないの？」

ちょうどその場にいた「金満」さんがお腹と唇を突き出して言ったのだけれど、

「すみません。いません」

とはっきり伝えると、

「あら、そう、じゃあ仕方ないね。早く帰ってあげなさい」

と思いのほかやさしく言ってくれたのだった。しっしっ、と手で追い払うような仕種つきだったけれど、そういうきつい冗談を言う人だろうとは、一年ほどの付き合いでもわかっていた。

ただ、そんな「金満」さんと、もうひとり、同じくらい口の悪い「KGB」さんがはじめに部室にいたら、きっとわたしものちの三人娘（のうちのひとり）みたいに、入部希望を取り消して、さっさと逃げ出していただろう。

入部希望を伝えに行ったあの日、部室にいたのが穏やかな「パンジャみのる」さんでよかったのかもしれない。

「少佐、またぼんやりしていますね」

気がつくと池田進が目の前にいた。ブランコに座り、ゆらり、ゆらり揺られていたわたしを見て、炊事場からこっちに歩いて来たみたいだ。「お姫様なのも、大概にしてもらえますかね。そろそろ自主的に手伝ってもらってもいいですか。さっきからずっと、なんにもしてないですよ」

さすがに呆れたという顔をした池田進は、白い手を伸ばして、ブランコの小さな揺れを止めたわたしの頰に触れた。

「え。なにするの」

ちょうど水を使ったばかりなのだろう、ひやっと冷たい。

慌てて顔を引いたわたしに、

「なにもしませんよ」

池田進は叱るように言った。「それより、なにかしてくださいよ、少佐」

「……ごめん。ごめんね。じゃあ交代」

叱られたわたしは重い腰を上げると、ジャック大越と「金満」さんの歌声を背に炊事場へ向かう。


肉と野菜がごろごろしたカレーと、炊きたての飯盒ごはんを全員食べてから、バンガローで食休みをした。

OBたちのうち、明らかに穏やかな三人が、先生たちのほうのバンガローへ荷物を置きに行き、残った「金満」さんと「KGB」さん、がちゃがちゃと騒がしいふたりが、わたしたちの使う広いバンガローに入って来た。

「ここ、マット足りないから、夜は雑魚寝《ざこね》だね。それかふたりでひとつ？　抱いてほしい子はいる?」

さらさらヘアなのに、ひげ剃りあとの青あおと濃い「KGB」さんが、にんまりと笑って言う。毎日どきどきの夜が、ちょっとだけ違うどきどきに変わった気がする。なにかあったら、おにいさまが助けてくれるだろうか。わたしのおにいさまが。

五人の卒業生たちは、車を預けたまま今日はここに一泊して、明日の夕方に帰る予定らしい。

「今晩は肝だめしをするよ。合宿の決まり」

彼らに告げられていたから、怖いのが苦手なわたしは、まだ明るいうちなのに、早くもひんやり肝を冷やしていた。

在校生十三人に卒業生五人。先生をべつにして計十八人になったから、肝だめしは二人ずつ、ペアで行こうという話だった。

となると当然、問題は九組のカップリングで、どうせならそれもゲームで決めようという合意まではできたのだけれど、じゃんけんやくじ引きやトランプを引くなどのゲームをして、それで誰と一緒になるのかを決めようという案がひとつ。

そしてもうひとつは、なにかゲームをして勝った順に、自分の好きな相手を指名することにしようという、この前のおしおきにも近い案があって、食休みをしながらだらだら話しても、なかなか意見が統一されない。

「公平で、恨みのないほうがいいじゃないですか」

　小さなスケッチブックを開き、ちょこちょこ鉛筆を動かしている池田進が言った。バンガローの中の誰かを描いているのか。それとも得意な金髪美青年のイラストを描いているのか。「誰とペアになっても、文句なしのゲームにすれば」

「いーや、それよりも好きなやつをみんながはっきり指名したほうがいいって。面白いじゃん、絶対白熱する」

　と、こちらはジュンが力説してゆずらない。在校生、OB問わずに、穏やかなタイプはだいたい池田の主張と同じで、一方、面白がりで冒険好きなタイプが、軽いノリでジュンに同意していた。

「ビューティ・ペアはどっちにするんだよ」

　訊ねられたわたしは、どちらとも言えずに悩んでいた。わたしはとにかく運が悪い、と無条件で信じているようなタイプだった。なにかを選ぶと、悪いほうに傾く。春休みに今は中二のお子さまトリオが、部室でオフセット誌「熊ぼっこ」用の原稿を描きながら、やがて飽きて、じゃれはじめたときもそうだった。

「だめだよ、墨汁つかってるときに」

　たしなめてもまったく聞き入れられない。逆に墨汁という語に触発されたのか、ひとりが蓋のあいたそれを鷲づかみにし、あとのふたりが慌ててその手をきつく止めるのを見て、これはもう危ない、運の悪いわたしは、絶対ここにいると墨をかぶることになってしまう、といち早く判断、同じ机に向かっていた江戸川ひろしや池田進ら、他の部員たちが、なに、おい、なにしてんだよ、バカ、あぶない、とようやくスローモーションのように注意しはじめたころには、もう部室のドアをバンと開けて、脱出の一歩を大きく踏み出していたのに、同級生ふたりにきつく止められていた手を強く振りほどいたその勢いで宙に舞ったらしい墨汁の直撃を、まだ買ったばかりの陸奥A子の漫画ふう、ギンガムチェックのBDシャツの背中にべちゃっと受けることになったのだった。

そのとき襲ってきた墨汁のにおいと、二秒ほど遅れて背中にしみた冷たさを、バンガローの中で思い出す。

「どうしよう、どっちがいいのかな。どっちにしろ、引きが悪いんだよね」

わたしがぽつりと口にした言葉を、評論家のジュンは聞き逃さなかった。

「なあ。引きが悪いって。ビューティ・ペア、やっぱり誰か、一緒に行きたいやつがいるんじゃないか。語るに落ちたな。この、男好きめ」

ずいぶん古風な言い回しまで使い、ねばっこく張り上げたジュンの声を聞いて、ふふ、ふふふ、と何人かが笑っている。

5

「よし、トランプのカードを引いて決める。ダイヤとスペードの、エースから九まで。同じ数字同士がペア。それでいいな」

　いい加減呆れた様子の岸本先生がすっぱり決めてくれたのは、夕食を済ませてからだった。「中二同士で行かせるのは、さすがに危なっかしいから、先に同じマークから引かせておこうか。三枚引いたら残りを混ぜて、あとは全員が引いたあとで、一斉に開いたらどうだ？　それでペアが決まったら、数字の若いほうからスタート。エースが一番」

　例によって車座になり、ランタンの下でそう告げられると、それは厳かな儀式のようでもあった。

　言われたとおりの手順でみんなトランプを引き、さあ一斉に開く、という寸前で止めて、小仏トンネルの首なし幽霊の話をしてくれた岸本先生は、案外サディスティックな人なのだろう。まずは大きなどきどき、感情の揺れを鎮め、今度こそ手にしたトランプを全員がせーので上に向けると、ダイヤのエースとスペードのエースのペアは、中二のひとりと高二の矢倉さんだった。二は中三の小早川と、ＯＢ「パンジャみのる」さん。三は中村草生と同学年、ここまでずっと大人しい修養部、桜井君のコンビ。

そして四番目がわたし〈少佐〉と、

「俺だ。スペードの四」

因縁のおしおき相手、前総務のジャック大越だった。

この組み合わせは果たして、よかったのか悪かったのか。とりあえず夜道を一緒に歩く相手としては、腕っぷしも強く、頼もしいのは間違いなさそうだった。少なくとも中二の子供に、ぎゃあぎゃあしがみつかれるよりはだいぶましだろう。

それから注目の人気者、中三の阿部森が七番目で池田進とペアを組む。

八番目に出発するのは、中一からの腐れ縁、男色評論家のジュンと総務の理論家・江戸川ひろしのペアで、

「あーあ。引きが悪いの俺だよ、なんで若獅子と一緒に肝だめしなんかしなきゃいけないんだよ、こんな夏みかん顔のどぶすにきびと。先生、もう一回チャンスないの」

「うるせーな、そんなの、俺だって嫌に決まってるじゃないか。っていうより、みんな普通に相手を値踏みしている時点で、どうかしてるって思うべき」

「なんだよ、べきって。へんな顔しやがって」

そんなことを言い合う横では、しんがりのOBコンビ、「天下太平」さんと耽美派「KGB」さんも、同学年ながら絶妙なちぐはぐ感があり、残念そうなため息をつきあっている。

「じゃあ、行こう」

小さいほうのキャンドルランタンを提げた先生につづき、人数分はない懐中電灯を手に、ぞろぞろと十八人がバンガローから暗い林の中の道を歩く。

「足元に気をつけろ」

前から何度か声がかかり、そのたび返事の声がいくつか上がって少しざわつくのだけれど、すぐに山全体の静寂に大きく包まれ、呑み込まれた気分になる。実際、山を包む夜の静けさは、よく聞けば虫の音や風に揺れる木々の音、分厚くいろんな音を呑み込んでいるようで、部活の中高生とOB、顧問の声十いくつで簡単に破れるようなものではないのかもしれない。

ヘッドランプを点けて歩くような人もいない登山道に出て、やはり暗い、人けのない共同炊事場へ着くと、お手洗いの脇、洗い場まで進んだ先生がランタンを置き、そこに陣取った。

その場所を出発点にして、登山道を管理事務所方向へと歩き、日没前に江戸川ひろしたちが仕込んだらしい折り返し地点まで行き、石の上に置いてある紙束から一枚取って戻って来る。

そういうコースみたいだった。

ただし、ペアに渡されるのは懐中電灯ひとつ。それも誰が用意したのか手動式の、握力を強化するスプリング器具みたいな「く」の字形をしたもので、そのレバーを握ったときだけ光るといった頼りないものだった。手を離すと消え、また握ると点くのだけれど、その力で発電するので、握ったままでも消える。

「えー、今年もこれ？」

中二のひとり、ぽっちゃり君と一緒に最初にスタートを切る合宿経験者の矢倉先輩が、じゃっかん倍音をふくんだような怯えた声で言いながらも出発した。

きゅっきゅっ、きゅっきゅ、と手動式の懐中電灯を鳴らし、ひいい、ひいい、とふたりが半泣き声を上げながら遠ざかって行く。こわいよお、こわいよお、という泣き声ふたつが聞こえてもわたしはほとんど笑えない。待っている身に、その声が十分こわい。やがて、きゅっきゅっ、きゅっきゅ、の変わらぬ音とともに、こわいよおお、こわいよお、の弱い声が戻って来た。矢倉先輩が唇といわず顔全体を震わせ、片手に懐中電灯、もう片方の手に四角い小さな白紙を握っている。中二のぽっちゃり小僧は巻き毛の先輩にへばりついていた。

「ゴール」

とみんなが出迎えると、

「えっと、五分。じゃないや。六分」

デジタル腕時計で計測したわりに、ジュンがかなり大雑把に言った。洗い場の近くで、だるそうにしゃがんでいる。

「どっちだよ」

と腐れ縁の江戸川ひろし。

「うるさいなあ。五、六分だよ」

ジュンはどうでもよさそうに言う。「文句があるなら、若獅子が計測係やれよ」

「なんにもないけどこわい。こわかった」

まだ震えている矢倉先輩の声を聞いた二番手、中三の小早川と、じいやこと「パンジャみのる」さんが立ち上がって、オレンジ色の手動式懐中電灯を受け取り、揃って身を震わせてから出発する。

と、今度は六分……七分経っても戻らない。

「おい、遅いんじゃないの？　もう七分十八秒。二十秒。二十二秒だ。俺、見に行っていい？」

ジュンが立ち上がって言い、

「まだ早いよ」

「でも、じいやに春が訪れたのかもなあ」

「うん。あの可愛い子にきつくしがみつかれたらな、パンジャさんでも、辛抱できないかな」

「俺、見に行く。こばが危ない。懐中電灯」

とジュンが向かいかけたときに、ようやく人の足音と、きゅっきゅっと鳴る懐中電灯の音が聞こえた。

「八分十五秒。遅い。ふたり失格」

と勝手なジャッジをジュンが下す。

「あ、じいやちゃん、顔が赤い」

驚いたように言った中村草生と、つかみどころのない、でも基本的ににこやかな桜井君が、

「じゃあ三番行きます」

つづけて身を寄せて出発すると、ジュンはまず、二番スタートの戻りが遅かったことについて、まだしばらくぶちぶち文句を言っていたけれど、さすがに相手がぽわんとしたこばと好好爺のようなＯＢでは手応えもなくあきらめたのか、

「おい、ちゃんと計測してるか」

江戸川ひろしに訊かれたのをいい引き際のように、

「うるせえよ」

怒りをそちらにぶつけておさめた様子だった。

と、今度のふたりもまた戻りが遅い。

それもかなり。はじめは例によって、ジュンの雑な計測だったけれど、十分経っても戻らないと、なんとなく事故も想像して不安になるものだろう。

「えっと、十一分五十……十二分か」

ジュンがいよいよ細かく計測しはじめたのを聞き、

「遅すぎる」

思わぬほうから、苛ついたような大きな声が聞こえた。

わたしが驚いて振り向くと、草生とはもう別れたはずの池田進が、鬼の形相で立ち、大きく叫ぶ姿が、ランタンの火にゆらゆらと照らされていた。

第五夜　ススムちゃん大ショック

1

もう三十五年も前のことなのに、あの肝だめしの夜、池田進が落ち着きなく、いらいら、そわそわと元恋人、中村草生の遅い帰りを待っていた様子は、微笑ましいような、照れくさいような、不思議な感覚とともに、今もずいぶんくっきりと思い出すことができる。

それはその合宿の、ひとつ大きな出来事だった。

ミリタリーマニアなのに、普段はおだやかで、言葉遣いも丁寧。気位が高く、というよりぴんと背筋を伸ばしているせいもあるのか、どこか気品があるようにも見え、成績はよく、物知りで漫画の才にも長《た》けた池田進は、気取り屋の多いあおい学園の中にあっても、特に禁欲的であろうと心がけているのかと思えるほど、滅多に感情をむき出しにしないタイプだったけれど、そういえば草生のことに関してだけは、よく自分を制御できなくなっていたかもしれない。

少なくともわたしの目には、そう映った。

春休み、同学年の四人で一緒にコンサートを楽しんだ翌朝に見せた、あの些細なお手洗いの使い方を巡る、痴話げんかめいた諍《いさか》いもそうだったし、それから完全に仲違いをしてしまうまでの、本人たちよりも、むしろ間に挟まれたわたしたちのほうがずっと気まずいような、お互いをまだ無視しきれない半月ほどの間にだって、すぐに刺々しい物言いをして相手につっかかったのは、とにかく独善的で、普段からエキセントリックな言動が目立つ草生ではなくて、意外にも穏健派の池田進からなのだった。

その時点で、よほど彼にとって、草生の存在は疎ましいものになっていたのだろう。

あんなに親しかったのに。

あるいは親しかったぶん、余計いまいましく、憎しみが増すものなのだろうか。

はじめて間近に見る恋愛関係の破局、恋人たちの終わりに、十五歳になってすぐのわたしはどきどきしながらそんなことを思っていたのだけれど、ともあれその陰には、あのいつもおだやかでやさしい池田進が、こんなに敵意をむき出しにして、攻撃的になるんだ、という驚きがあったのは間違いない。

そこには、いつもの禁欲的な池田の姿はなかった。

もっともそれを言えば、そもそも大勢の生徒が集まった部室で、平然と恋人に膝枕をし、静かに髪に触れ、頬をなで、ゆっくりと口に食べ物（ほとんどがアーミーナイフで薄く切ったサラミソーセージだったが）を運び、耳許にやさしくささやきかけ、完全にふたりきりの世界を作り上げていた時点で、池田は日頃のストイックさを一切放棄していたとも言えるわけだけれども。

つまり、それほど彼にとって、中村草生は特別な存在だったのだろう。

とはいえ、もう何ヵ月も前にふたりは別れたはずだ。

それ以来、部室でもお互いをほとんどいないもののように扱っていたし、この合宿に来てからだって、たぶん直接的には、ひと言も交わしていない。

「十三分」

しゃがんだジュンがデジタルの腕時計を見て経過時間を告げると、いよいよ大きな目を見開いた池田進は、首を振り、ふう、と長く息を吐いた。

それから、ぶほほ、とむせる。

「うーん。遅いねえ」

総務の江戸川ひろしが、今さらのように呑気な口調で言った。ひと組目は五、六分で戻り、遅い、と騒がれたふた組目だって、じつは八分過ぎには帰っていたのだから、それをもう五分も越そうとしているのは、ずいぶんスローペースなのは間違いなかった。

「遅いなあ」

「遅い」

「遅いぞ」

中二のお子さまトリオが、楽しげに同調する。元恋人を思う池田の焦りにつられて、いらいら、かりかりしはじめた空気を、ひろしは和らげるつもりで口にしたのかもしれない。にきびの目立つ夏みかん顔に、剛毛のもじゃもじゃ頭という牧歌的な外見には不似合いな繊細さをひろしが持ち、ややこしい理屈ばかりこねくり回す普段はともかく、ごくたまには、そのいい面を素直に発揮しようとすることがあるのも、同じ学年の者は大抵わかっていた。わかっていても普段の行いと差し引きすれば、やっぱり素直に褒める気には、なかなかなれないのだけれども。

「ひと組にこんなに時間かかってたら、九組目までやると日付が変わっちゃうんじゃないかなあ」

と、呑気な声のままでひろしが言う。

「まさか。そんなにかかるわけないだろ。若獅子は。本当につまんないんだから。少し黙ってろよ」

ジュンはいつも通り、中一からの友だちのことを低く評価した。

「さっきパンジャさんは、どうして遅かったんですか」

わたしは場の緊張をほぐす方向に、少し協力することにした。ひと組前に戻ったばかり、じいや、とも呼ばれる手塚マニアで柔和なＯＢに軽い質問を投げかけると、

「なにが？　さっき、って、え、いつ？　あ、この肝だめしのこと？」

好みの女性は、ライヤ、とつねづね公言している先輩は、ずいぶん慌てたふうに言った。洗い場に置いたランタンの灯にぼんやり照らされているだけでも、はっきりわかるくらい、首筋を急に赤くしている。ライヤ、というのはジャングル大帝レオの妻で、父親であるパンジャにとっては息子の嫁、という微妙な立場になるとはいえ、一応そちらの性別を選ぶ人だったはずなのに、まさかここに来て、中三の美少年、小早川ののびやかな肢体、ぴちぴちと弾ける若い色香に迷ってしまったというのだろうか。「そう？　遅かった？」

「はい」

「じゃあ、ちょっと道を間違えたせいかな」

「道？」

あくまで男色評論家を名乗るくせに、本人がすっかり小早川の若い色香に迷っているようにしか見えないジュンが、やはり聞きとがめた。「おかしいな。しばらく一本道じゃなかったかな、この先」

ひとり言っぽく口にする。

「えっと、それは折り返し地点が、わからなくなって……」

パンジャみのる君、と国会で追及されているようなしどろもどろな答え方をして、先輩は白いハンカチで額と首筋を拭った。そういえば旅客機の購入を巡る大きな汚職事件の証人喚問は、わたしが漫研に入った翌年くらいに行われて、記憶にございませんとか、シグ片山とか、宣誓書にサインする手がぶるぶる震えて止まらなくなるとか、中高生にも興味を持ちやすい要素がたくさんあったから、部内でも結構な話題になった。ふと、そんなことも思い出す。

おしおき、とまた阿部森が誰かを攻める声が聞こえる。

見ると、やはり相手は小早川だった。

それはこちらでのやり取りを踏まえてのことなのか。それとも単にふたりの間で、相手の不意をついて襲うような、流行の遊び（例えば後ろからひざをかっくんするとか、人差し指を立てて肩を叩き、振り向かせるとかと同じタイプの）になっているのだろうか。

ともかく、美形の阿部森に指先で狙われ、やだ、きゃはは、と嬉しそうに胸を両腕で覆い隠している小早川に、

「なにそれ、楽しそうじゃない」

ＯＢのうち、「金満」さんと「ＫＧＢ」さん、さすがに目ざといお耽美さんふたりが近寄り、話しかけた。

あ、説明されたら嫌だな、恥ずかしい、とわたしは身を固くしたけれど、べつにそもそものはじまり、なにが元ネタか、といった話題にはならなかったようだ。あら、こうやってつつくの？　やだ、楽しそうじゃない、ほら、わたくしたちもまぜていただこうかしら、

奥さま、そうねそうね、試しに一度ね、といったやり取りにつづき、

「ほら、こっちもおしおき」

「えい、おしおき」

ＯＢふたりも、すぐに小早川を指先でつつきはじめ、可愛い中三部員の、きゃあきゃあと騒ぐ声ばかりが、夜の空と木立に高く響いている。

とはいえ、さすがに年長者。

ＯＢのふたりは適度なところでそのおふざけを切り上げると、

「今の声、聞こえたかしら。肝だめしのふたりに」

「あら、ちょうどいいんじゃないの。そろそろ戻りなさいっていうサイレンみたいで」

おほほ、おほほほ、と相変わらず貴婦人たちの立ち話のような言葉を交わしながらも、まだ戻らないコンビのことも一応気づかっている。

「見に行ってみる？」

おふざけには参加しなかった男前の「Ｕマン」さんが、煙草をふかしながら言うと、

「でもどうする？　途中でいちゃいちゃしてたら、あのふたり。中村と桜井？」

さらさらロングヘアの「ＫＧＢ」さんが、貴婦人口調をやめて、さらっと応じた。

「お。それは『ススムちゃん大ショック』だな」

ゲジゲジ眉の「天下太平」さんの軽口は、大人たちによる子ども殺しが日常になる永井

豪の近未来ＳＦ短編のタイトルに由来するのだったけれど、漫研のみんなが知るその作品名を織り込んだ台詞に、誰かが愛想笑いを返すよりも先に、ちっ、と池田進が大きく舌打ちした。

三学年も上の先輩に対して、そんな失礼をしてしまうほど、平常心をなくしていたということかもしれない。

「あ、池田はススムっていう名前か。いや、すまん、そういう意味じゃない。ただ大ショックと言いたかっただけで」

もっとも、舌打ちされたＯＢのほうが即座に謝ってくれるのだから、やはり平和な部活なのだろう。

そこへようやく人の戻る気配がした。

登山道から懐中電灯の弱い灯りがちらちらと届き、ほどなくきゅっきゅっ、きゅっきゅっとレバーを鳴らす手動式懐中電灯の音と、人の足音が聞こえて来る。

「十六分……十七分だ、もう」

ジュンのカウントを聞きながら、こちらは光量の多い懐中電灯を手にした江戸川ひろしたちが、何人か山道のほうに出て、おーい、早く戻れ、と手を振る。

そしてすぐに引っ込んだので、いよいよふたりが共同炊事場に到着したとき、仁王立ちで一番に出迎えたのは、他でもない池田進になった。

「……なに、池田」

この数ヵ月間、言葉を交わしている様子のなかった元恋人の歓迎に戸惑ったのだろう。草生が、おずおずと言った。

その声に、池田は応えるのか。

蜜月から、ほころび、破局までを知るわたしたちがじっと見守る中、こほん、と咳払いをした池田進は、

「遅すぎる。どうして、こんなに遅くなるんだ？」

と妙に静かに言った。

「それは、ふたりで道を間違えて」

どうにも印象の薄い、大人しい性格と顔立ちの桜井君が、さっきのパンジャみのるさんと同じ理由を口に、庇うように草生の前に出ようとするのを、彼とは仲のいいはずの池田進は手で制した。

そして出発前よりも、大きく開いて見える草生のシャツの襟元を指差し、

「ボタン、掛け違えてる」

と指摘すると、

「このジルベールが」

と、元恋人を罵った。それはもちろん、つぎつぎと男を手玉に取る、竹宮恵子『風と木

の詩』の美少年、小悪魔の名前だった。

「いや、ボクはむしろセルジュと呼んでほしいね」

ボタンの掛け違えには慌てたふうだった中村草生は、でも覚悟を決めたのか、しれっと言い返す。セルジュは同じ寄宿舎に暮らし、孤独なジルベールに寄り添う、成績優秀で才能豊かな同級生だった。

「！」

瞬間、手を振り上げた池田進を、素早く羽交い締めにしたのは、つづいて出発予定のジャック大越だった。

どこかデジャビュのように見えるその光景は、気がつけばそうだ、池田がカンプグルッペ・アムール名義で発表した作品の看板シーン、青年が暴れ、町の人に取り押さえられる場面に似ているのだった。

神父さまを殴るなんて！

と作中の金髪美青年は神父様を殴ってから捕まり、池田進は未遂で取り押さえられるという違いはあったけれども。

ともあれ肉体派のジャックにきつく止められては、いくら背の高い池田でも、なかなか身動きは取れそうにない。

すぐにそうわかったのか、

「ぶつの?　いいよ、ぶっても」

小悪魔を気取る草生は得意げに口を尖らせ、確かにジルベールめいた妖しい挑発をした。池田進と別れて以来、とくに近頃は元気のないことが多かったけれど、ここは久しぶりの本領発揮だった。

「こら、草生ちゃんも」

でもそんな素振りを前総務のジャック大越にたしなめられ、途端に照れた表情をした。その華奢なおかっぱ少年に、まだジャックの太い腕に羽交い締めされたままの池田進は、

「心配するだろ」

と抗議するように言った。

「え?」

驚いた視線を向ける中村草生に、心配するだろ、と池田進はもう一度、絞り出すような声で言った。


「ほい、つぎのふたり。四組目」

だいぶ遅れているから、十分以内に必ず戻って来るようにと、進行役の江戸川ひろしにきつく念押しをされてから、手動式の懐中電灯を手渡された。

本当はこのあと、草生と池田進がどんな会話をするのか興味津々。肝だめしはいいから

そっちを聞いていたい、とかなり後ろ髪を引かれるところがあったのだけれど、ゲームで決められた順番では仕方がない。

「どうする、少佐ちゃん。懐中電灯」

ペアを組むジャック大越が例の人懐っこい笑顔をこちらに向ける。片眉がないことには、もう違和感がない。山中という状況のせいもあるのだろうか、すっかり見馴れてしまった。

共同炊事場を背にすれば、あとはひたすら暗闇がつづくのがわかる。

自分の手元に灯りがないのは不安だったけれど、かといって、ふたりの行く先をきちんと照らしつづける自信もない。レバーを握るのを止めれば、途端に光が消える厄介な道具だった。

わたしはオレンジ色の懐中電灯を頼れるジャック大越に預けて、おそるおそる、並んで登山道を歩きはじめた。

2

共同炊事場に戻るまでに、たっぷり十五分以上かかったのは、一〇〇パーセント、わたしのせいだった。

いやだあ、こわい、いやだあ、こわい、とへっぴり腰でジャック大越の太い腕にしがみつき、何度も足を止めさせたのだ。

そのたび前総務は、

「大丈夫、こわくないって。おばけなら、俺がひんむいて、退治してやる」

と力強く言い、わははは、わはははは、と挑戦的な高笑いをしたのだったけれど、他に人のいない登山道にその声が響き、すぐに消えて行くのが、余計に非日常感を醸し出してこわい。

なにか自然の大きさに呑み込まれるような気分になり、恐怖を忘れさせるという意味では、完全に逆効果だった。

ひいい、こわい、ひいい、こわい、と恥じらいもせずに震えながら、どうにか折り返し、ジャックに引っ張られて戻ると、さっき草生たちがそうされたみたいに、早くしろー、と山道に出て、光をくるくる回している者たちがいる。

懐中電灯を手にした、江戸川ひろしたちのようだった。

「すみません、大越先輩」

ようやく落ち着きを取り戻して、わたしは言い、ほとんどしがみついていた腕を離した。鼻をすすり、目尻の涙をぬぐう。帰り道の半分ほどは、そうやってしがみつき、目をつぶって歩いていた。

「ノー。アイム、ジャック」

「すみません、ジャック」

言い直して頭を下げると、ドンマイ、と肩を叩かれた。

え、ドンマイ？

……おにいさま？

先輩がおにいさまなの？

ドンマイ、姫、という例の手紙を思い出して、わたしははっとしたのだけれど、そう訊ねるには、いかにも証拠が足りない。それに、なによりどきどき、どきどき心臓が高鳴りすぎていた。

「なんだよ、遅いなあ。ディープキスでもしてたのかよ。ビューティ・ペアと前総務は」

登山道から炊事場の一帯に入ると、ジュンが呆れたように言った。でもその他は、誰もその手のからかいを口にはしない。

よほど予定より遅れて困っているのだろうか。

それとも例の「おしおき」以来、やっぱり触れづらい話題のままなのだろうか。

ともかく江戸川ひろしが促し、すぐに次のコンビが出発する。

池田進と中村草生は、一体そんな姿を見せるのは何ヵ月ぶりだろう、ずいぶん仲よさそうに肩を寄せ、あちら向きにしゃがんで話しているようだった。

全員でバンガローに戻って、トランプの大貧民を三組に分かれてやると、すぐに消灯の時刻になった。

えー、あとひとゲーム、と粘る者も少しいたけれど、

「おーい、明日はオゼに行くぞ」

顧問の岸本先生が、自分たちのバンガローに早く引き上げるよう、中二のお子さまトリオを促している。

「オゼ？」

ひとりが素っ頓狂な声を上げ、

「まさか」

と、もうひとりが笑い、

「え、オゼに行くの？　明日」

三人目が訊ねながら去って行く。ジャック大越がその地名の出て来る唱歌、「夏の思い出」を歌いはじめたので、夜にもかかわらず、何人かが声を合わせた。

やがてOBのうち、あちらの小屋に荷物のある穏やかな三人も出て行き、残るOB、お耽美さんふたりの指導のもと、寝場所を決めることになった。

「んー、ふたりはマットひとつでいいね。人数分ないし」

池田と草生の使うマットが、親切なのかなんなのか、まわりからちょっと離して、隅に

ひとつ置かれている。

明日はオゼに行く、という先生の言葉と、夏がくれば思い出す、の歌をぼんやり思い浮かべながら、わたしは自分の指定された場所に横たわって、ゆっくり目を閉じた。

本当のところ、ここD菩薩峠のバンガローから、軽いハイキング気分で水芭蕉の花の咲いているオゼに行くのは難しい、というよりたぶん不可能なはずだったが、親の転勤の都合で小学校の社会科の学習に「抜け」のあるわたしは、うまく進学校の入試に合格したわりには、日本の地理にまったく詳しくなかった。

だから目を閉じて、有名な高原に行くことばかりを考えていた。

夜更けに甘いあえぎ声をいくつか聞いた気がする。

それはふたつだったのか。みっつだったのか。

誰と誰の声だったのか。


翌朝、珍しくわたしは早くに目を覚ました。

一番だろうか、とこっそり寝場所を抜けて行くと、バンガローの靴脱ぎにはもう、誰かが器用に五つ目の石を重ねていた。

もう五日目の朝だった。

誰がやっているのだろう。たぶんいつも早起きな人だから、ジャック大越か、同じ学年の矢倉先輩だろうと思った。それともふたりの共同作業なのか。

近くのお手洗いに行って戻ると、やっぱりまだ時間は早い。わたしは寝直すことにした。石を積んだ人も同じようにしているのか、人が欠けているふうはない。

奥の隅に置かれたマットでは、池田進と中村草生のふたりが、顔を寄せ、手足をからめ、きつく抱き合って眠っている。

あ。

おにいさまがひとり減った、とその姿を見てわたし、十五歳の〈少佐〉はぼんやり思っていた。

3

姫、姫、お眠り姫。

耳をそっと撫でるような、やさしい声が聞こえる。

目を閉じたままその心地よさにしばらくうっとりしていると、今度は本当に人の手らしきものが頬に触れた。

反射的に目を開けると、すぐそばに膝をついた池田進がいて（なぜだかおばあちゃんのような正座で）、わたしの顔を見て微笑んでいる。

「起きましたか、姫」

「池田……手が冷たい」

わたしは言い、池田進の視線から逃れるように、くるっと背中を向けた。彼に頬を撫でられるのは、昨日の共同炊事場（で、少しは仕事をしろと叱られたとき）につづいて、これで二回目だった。

「手が冷たいのは、心が温かいからですよ」

おだやかな声とともに、一旦離れた手が、すぐに追いかけてくる。手の温かい人は心が冷たい、というのは、その頃よく聞いた俗説だった。池田進は、その逆を口にしたのだろう。ペンネーム、カンプグルッペ・アムール君は、ミリタリーマニアなのに、少女趣味なところもある。

「それよりもいい加減、起きたらどうですか」

うーん、といつまでもマットの上で寝ているわたしに、池田進はいよいよあきれた調子で言った。「もう少佐以外、誰もいませんよ」

「え、そうなの？」

また姫から少佐になったわたしは、慌てて顔を上げた。今日は早くに一度起きたから、だいぶ誇らしい気持ちでいたのに、つい寝直したら、結局いつもと同じことになってしまったみたいだ。見ると、確かに周りに人影はない。それどころか、寝具もすっかり片づいていた。「みんな、起きたの？」

「はい。とっくに」

「もしかすると、朝ご飯もおわった？」

「いいえ、さすがにそれはまだ」

わたしとしては、単にスケジュール的なものを確認したつもりだったけれど、池田の耳には、よほどお腹を空かせた、朝ご飯抜きにおびえる食いしん坊の声に聞こえたのかもしれない。ずいぶんおかしそうに首を振った。「でも顔を洗うついでに、散歩したり、体操したり、洗濯したりしてますよ」

「洗濯」

「ええ。いいんですか、少佐は。パンツ洗わなくて。気をつけないと、サルマタケが生えますよ」

「生えない」

と、わたしは強く首を振った。サルマタケとは、松本零士の漫画『男おいどん』の主人公、大志を抱いて上京した大山昇太《のぼった》が、安下宿の押し入れにいっぱいため込んだ下着から生える、謎のキノコだった。

いつも枕元には少女漫画、とにかく高橋亮子の『つらいぜ！ボクちゃん』と、大島弓子の「七月七日に」（戦死した父のもとに後妻に来た「母」と、泣き虫な娘の物語）「F式蘭丸」（空想のボーイフレンド、蘭丸とともに生きる少女の日々）を愛するわたしのパンツに、そんなものが生えるわけがない。

「そうですか。大丈夫ならいいですけど。天気がよさそうなんで、ちゃんと少佐にも声かけたんですよ。洗濯物、干せますよって」

技術家庭科の先生がひとりもいなくて、その授業枠では、化学やなんかをかわりに教えている学校の生徒にしては、料理も上手で、妙に家庭的なところのある池田進は、開いた窓のほうを顎でしゃくった。

鳥のさえずりや虫の音にまぎれて、ときどき人の話し声がするように思っていたけれど、どこか遠くの声が響いているわけではなくて、実際そこに人がいたらしい。

そういえば、ぱんぱんと手を叩くような音もしていた。

わたしはゆっくり立ち上がって、明るい日の差すほうへ向かった。木と木の間に、青い洗濯紐が渡してあるのが見える。

「まあ、山の天気ですからね。あとでどうなるかわかりませんけど」

うしろから池田が言う。

紐にはプラスチックのピンチで、下着やTシャツが、七枚、八枚ほど留めてあった。全員分とも思えないので、たぶんどこか他にも紐をかけてあるのだろう。風もなく、ぴんと干された衣類には、白く木漏れ日が当たっている。このへんにはもう干し終わったのか、すぐそばに人はいない。

と、窓から顔を突き出し、左右を確かめると、右を向いたほんの鼻先、一メートルほどのところに、いきなり人が立っていたから、わたしはびっくりした。

中三の可愛いふたり、小早川と阿部森だった。

それもバンガローの中からは見えづらい位置、建物にぴたっと身を寄せ、唇を重ねている。

いつもぽわんとした小早川のほうが、バンガローを背にしていて、阿部森が彼に覆い被さっている格好だった。

阿部が押さえつけているようにも、小早川が引き寄せているようにも見える。

ごくっ、とわたしの息を飲む音が聞こえたのだろうか。

それともあまりにじっと見過ぎて気配が伝わったのか。

キスを中断した阿部森が、かたちのいい、きれいな目でわたしのほうを見た。

その目を冷たく細めると、平然とまた小早川の唇に吸いつく。今のはただの息継ぎだった、とでもいうみたいに。

後輩の自信満々な仕種に、わたしは頬を赤くした。

「どうかしましたか」

うしろからは、昨夜、元恋人と完全にヨリを戻した池田進が近寄って来た。

「ううん、なんでもない」

わたしは振り返って、とりあえず答えた。男を知り尽くしたいやらしい池田の目から、愛を育む後輩ふたりを隠すつもりではなかったけれど、あまりに生々しい場面をすぐに報告するのは、上品ではない気がした。

阿部森のきつく冷たい視線に、（もしかすると彼の狙った通りに）いくらか牽制されたところもあったろうか。

あとは、ひとりでこっそり後輩たちの熱いキス、口づけ、接吻、ベーゼ……をどきどき覗き見していた、と思われたくなかったのも少し。

「なんでもない？」

「うん」

けれど、頬を赤らめ、目を伏せた答え方に説得力はなかったのだろう。

なになに、と足取りを速めた池田進は、そこに立つわたしではなくて、もう窓の外の出来事に関心を寄せているのが明らかだった。無理に立ちはだかろうとして、彼の中のミリタリーな要素が炸裂、どけ、といきなり突き飛ばされ、制圧されてもこわい。わたしは窓の戸が寄った側に、自分から一歩避けた。

池田進は窓際まで来ると、ほんの少しだけ慎重に、そっと顔を出す。

右側を見て、ほお、と感心したように言った。

小早川と阿部森の抱擁は、まだつづいていたのか。窓ガラスに映る自分の鼻のあたまに、皺を寄せながら、わたしが考えていると、

「どうしたんですか、パンジャさん、天下太平さん。そんなところに入って」

池田が陽気な声で、大きくOBの愛称を呼んだ。

「探検」

という返事は、「パンジャみのる」さんの声に違いなかった。少し向こうから答えているみたいだった。

「虫探し」

と「天下太平」さんも言った。木立の奥にいるのかもしれない。そのかわり、小早川と阿部森は、うまくどこかへ移動したのだろう。

「なにかいますか?」

と池田進。

「せみ」

「コガネムシ」

「カマキリも」

「オサムシは、いない」

「へえ」

ＯＢたちとの地味なやり取りを終えた池田進は、それで外への興味を満足させることができたのか、横で窓ガラスを見ていたわたしに、

「あ、また鏡にしてますね」

と、からかうように言った。

確かに窓に映る自分の顔を、ぼやっと至近距離で見ていたわたしだったけれど、

「前髪、早く伸びるといいですね」

あらためてしみじみ言われると、今そのことは気にしていなかったのに、と慌てて髪をなでつけることになる。

こほん、とわざとらしい咳払いが聞こえたのは、そのあとだった。

「ふたり？」

バンガローの入口に立っていたのは、池田進とヨリの戻った恋人、おかっぱ頭のジルベール、中村草生だった。「でっちり少佐、やっと起きたんだ。起きたらまずマットを片す決まりだったと思うけど」

草生は元山岳部だけあって、この合宿中、そういった山での決まりごとを指導する側にいるのは間違いなかったけれど、それにしても、昨夜までとはちょっと違う、なんだかつんつん意地悪な口調だった。

池田進と仲よくしていると疑われたのだろうか。

「ごめん、今片づける」

わたしは首をすくめ、自分の寝ていたマットを急いで畳みに行った。

「もう、でっちり少佐は。本当に共同生活のルールが守れないんだから」

声を聞くだけで、草生の口先が尖っているのがわかる。意地悪なホームドラマの小姑みたいな口調だった。

その一方で、

「いけだあ」

と恋人には甘えた声を出すのも、そういえば以前に付き合っていたときのままだった。

池田と草生、またふたりきりの世界に戻るのだろうか。

畳んだマットをバンガローの隅、山の一番上にのせながら、灰かぶり姫の気分になったわたしはぼんやりと考えていた。

○

その日、OBたちに連れられ、オゼまでハイキングに行ったというのが、わたし、十五歳の〈少佐〉が山から持ち帰った記憶だったけれど、D菩薩峠とオゼははるかに遠い。

隣り合ってもいない、完全な他県だ。

なのにその記憶が正されるまで、じつに今日まで三十五年待たなくてはいけなかったというのは、わたしがあおい学園を卒業後、大学の教育学部に進み、よりによって中学と高校の「社会科」の教員免許を取得したことを思えば、ひどい、としか言いようのない話ではあったものの、とにかく日本地理の基礎学習ができていなかった上、そもそも方向音痴で、誰かと一緒に道を歩けば、ルートは一切覚えず、その人のことしか見ていないタイプなのだった。

だからその長い合宿中、たった一度、バンガローの界隈を離れ、おそらく片道一時間、せいぜい一時間半ほどのハイキングに出かけたのも、当然ながら完全な人まかせで、その人たちが道中ずっとオゼに行くと言い、オゼの歌を口ずさんでいれば、わたしがなにかを疑うということもなかった。

「ほら、少佐ちゃんもうたって」

里に戻りづらいように、という触れ込みだったわりに、人目についてもまったく平気そうな、片眉のないジャック大越の笑顔に促されて、

「はるかな、おぜ」

「おぜ」

とハモっていたくらいだ。すれ違う登山客とにこやかに、こんにちは、こんにちは、と言い合ったのも、わたしにとっては、ずっとなつかしいオゼの思い出だった。

白い花（もちろん水芭蕉だと思っていた）の咲く草原を抜けて行ったその界隈は、どう

やらオゼではなくて、似たような響きの名前のどこかだったと推測するしかないのだけれど、きっと中二の子たちの聞き間違いを、みんながずっと面白がって引きずったのだろう。それに釣られていた高一のわたしが一番間抜けだったのはともかく、それは楽しいピクニックだった記憶がある。見晴らしのいい場所でパンと缶詰、沸かしたコーヒー、紅茶、粉ジュースなんかの昼食をとり、それから大きな車座になって、小早川と阿部森ばかり狙われるハンカチ落としをしたり、OBのお耽美さんが戯れに編んだ草の冠を、順番にかぶったり、無理矢理かぶせられたりしては、誰が似合うとか似合わないとか言って笑い合った。

華奢な中村草生は、草の冠が似合う、と褒められて嬉しそうだった。

「ほら、あんたたち、結婚式しなさいよ」

冠を編んだKGBさんに促されて、池田進と草生はふたり並んで立ち上がった。おとなしい桜井君が神父の役を上手くこなし、江戸川ひろしが、もうこれで替えのフィルムがない、とケチる8ミリで記録している。腕を組み、池田の肩に草生がべったり頭をもたせかけたけれど、さすがにキスはしないで誓いを終えると、くるりとうしろを向いた草生が、可愛く白い花のついた冠を取って、ぴょんと飛び跳ねるように、ブーケトスみたいに高く放り投げ、たまたま目の前に飛んできたのでわたしがそれを拾い上げた。

「かぶって」

何人かのリクエストを受けてちょこんと頭に載せると、さっきの草生と同様、思いのほか似合うと好評だった。

それから男前の「Uマン」さんが背負って来たギターを静かにつま弾き、中二のお子さまトリオが、冠の編み方を、OGと言い張るOBに教わっていた。やがてなんだか草ばかり目立つような、雑な仕上がりになった最初の作品を、

「少佐姫、どうぞ」

とわざわざ持って来たから、はい、とかぶってみせると、うーん、とみんながしばらく悩み、

「きみ、それはちょっと、オリンピックの勇者みたいになるな」

と岸本先生が言ったので、そのあとしばらくの間、わたしのあだ名は〈オリンピア〉になりそうになった。

4

人は女に生まれるのではない、女になるのよね、と「KGB」さんが「金満」さんと話しているのを聞き、え、っとわたしは動きを止めた。

オゼではなかったどこかで、持ち帰りのゴミをまとめているときだった。

「おーい、絶対意味を間違えてるぞ」

江戸川ひろしがにやにやと笑って言う。もちろん発言した「ＫＧＢ」さんに対してではなくて、それを聞きかじって、勝手に雷に打たれている様子のわたしに言ったみたいだった。「ボーボワールだよ、ボーボワール」

「ぼーぼわ」

「ボーボワール、『第二の性』、サルトルのパートナー」

ボーボワール、『第二の性』、サルトルのパートナー。いきなり覚えることが多い。新学期になったら、学校のそばの都立図書館で調べてみようと十五歳のわたし、〈少佐〉は思った。

でもそれまで、ちゃんと覚えていられるだろうか。ジュンみたいに、大切なことをいちいち記す手帳を持っていればよかった。

「『第三の性』、っていう本もありますよね」

すました顔をした池田進も話に入って来た。「そっちは本当にそういう話ですよ」

「そっちは、本当に、そういう話」

発言の意味がはっきりわからずに、わたしは曖昧に笑った。江戸川ひろしも池田進も、ガリ勉タイプではないのに、実力テストの成績もだいたい百番前後で、それなりに優秀なグループに入っていた。本もよく読んでいるし、芸術にも詳しい。

そんな彼らに対して、特別に劣等感を持つことはなかったけれど、小学五年のとき、将来は歌手のあべ静江みたいなきれいな人になりたい、と普通に思っていたわたしは、少し頭が弱いのかもしれない、と十五歳になってみれば、さすがに思わなくもなかった。

　この前の春休み、テレビの名画劇場で『スカートをはいた中尉さん』という映画を観たときも、はじまるまでずっと、中尉さんはどうしてスカートをはいているのだろう、一体それはどんな話だろうと、ずっとどきどきしていた。たまたま少し前に、『華麗なる変身』という、性転換した元ＧＩ、クリスチーヌ・ヨルゲンセンの伝記映画を観たせいもあったのだろう。『スカートをはいた中尉さん』のほうは、観れば納得、女性中尉が主人公の映画だった。


　干しておいたパンツが一枚ない、と騒ぎになったのは、帰路、ＯＢたちと別れ、現役部員と顧問の岸本先生だけでバンガローに戻ってからだった。

「ない、んですけど」

　バンガローの裏手、洗濯紐を前に困ったように言ったのは、小早川だった。窓越しに呼ばれて、すぐに何人もが出て行く。

「飛ばされたんじゃない？」

「落ちてない？」

「よく探してみようよ」

まずは穏当な指摘を受けて、辺りをしばらく探したけれど見つからずに、

「盗まれたかな」

「うん。こばのだからな……」

「どんなパンツ」

盗難説を唱える人物の声が大きくなると、小早川はなお困った顔をした。

阿部森を可愛く手招きして、

「どうしよう」

頭を近づけて言う。その様子を見たジュンが、

「よし、犯人探そう」

完全に盗難と決めた調子で言った。それも内部犯行説を採るらしい。「ほら、若獅子、みんなをこっちのバンガローに集めて」

「なんで」

と、その場でぐずった江戸川ひろしには、容疑が濃くなる△がひとつ、もうついたらしい。もちろんそれはちびた鉛筆で、さっそく例の黒革の手帳に記されている。

中二のお子さまトリオと岸本先生も、広いほうのバンガローに呼ばれ、全員が集まったことを確認すると、

「中三、小早川君の下着盗難事件です」

と、ジュンが厳かに言った。

「犯人は早く名乗り出て」

手帳を振りながら言う。意外に大雑把なアプローチに場の空気がなごんだけれど、そんなふうにして、ジュンはみんなの反応を見ているのかもしれない。

「わかった。じゃあ、みんな目を閉じて」

なんの権利があって、と口答えした池田進にも△がひとつ。そのことに強く抗議した中村草生にも△。

嫌な遊び、という気はしたけれど、パンツがないのは事実のようだったし、

「まあ、ジュンちゃんの言うようにしてみようよ」

全員にちゃんをつけるジャック大越が言ったから、犯人捜しのお手並み拝見、といったノリもあって、みんな言われた通りに目を閉じたみたいだった。

わたしもきつく目を閉じ、刑事ジュンの指示を待つ。

と、

「やってない人は目を開けて」

早口で言うのが聞こえ、手を挙げるのか下げるのか、しばらく考えて反応が遅れた。

目を開けて、と言われたのだとようやく気づいて、ゆっくり目を開くと、

「ビューティ・ペア、最後ね」

手帳に大きな×を書き込むジュンが見えた。

「ねえ、こば、どんなパンツ」

ジュンがあらためて訊いた。「詳しく言って、みんなに」

「えっと……赤い水玉の」

「あれか」「あれか」「あれか」「ああ」

「もう、なんで何人も知ってるんだよ」

「それは干してあるのを見たから……」

「干してあっても見ないだろ、男のパンツ。普通は」

と江戸川ひろし。「もうこの中の誰が犯人でも俺は驚かないからな」

「若獅子、そんな見え透いた演技で、自分が無関係になったつもりか」

刑事ジュンが、ちびた鉛筆を構えて言う。

「は？　そういうお前が一番怪しいだろ、どう考えても」

江戸川ひろしは剛毛のもじゃもじゃ頭を、まるきり金田一耕助のようにかきむしろうとして、外でやれ、と綺麗好きな池田進に追い出された。夜の合評のときはともかく、この場では耐えきれなかったのだろう。ひろしは一旦外で頭を冷やしたのだろうか、ふう、と息をついて戻って来た。

もちろんそんなゲームめいたことをしていても、もし本気の盗難事件なら、犯人が簡単に見つかるわけもない。盗難事件でないのなら、そもそも犯人はいない。

はかばかしい結果が得られずに、いよいよ全員の持ち物検査、または身体検査を言い出したジュンのことは、

「いい加減にしたらいいよ」

全員で目を閉じるのにはしっかり付き合ってくれた気のいい岸本先生も、さすがにたしなめた。

「もういいです、きっと風でどこかに飛ばされたんです」

小早川もさっぱりと言い、ジュンは納得行かないふうだったけれど、

「ありがとうございます、探してくれて」

大好きなこばにお礼を告げられると、

「そっか、じゃあ、これで」

と、ようやく手帳を閉じた。ただ本心では、一度はじめた捜査を中途半端に終えたくはなかったのだろう。普段の取材活動の、無意味なしつこさからも、それは想像できたはずだった。とにかく一度言い出したら聞かないタイプなのだ。

「関係ない人が盗んで、どこかに隠れてたら怖いね。こばちゃんのパンツはいて」

そばかすに巻き毛、高二の矢倉先輩が、自分でホラーめいた想像を口にして身を震わせ

た。

その可能性を考えると、この山中では相当な怖さになる。

昨夜の肝だめしも怖かったのに、それさえ負けるくらいに。

その時点では、まだ日没前だったからよかったようなものの、それでも聞いた半数が、ひい、と声を上げた。

「やめてよ、それ」

夕刻のバンガローを出るのに、ひとりふたりではなく、三人四人と固まるようになったのはそのせいがあっただろう。わたしがジャック、矢倉先輩、池田進、中村草生と一緒に共同炊事場へ行き、みんなで肩を寄せて戻ると、バンガローの中では、ジュンが勝手な捜査のつづきをしていたようだった。

「あのさ、ビューティ・ペアの荷物、ちょっと見たんだけど」

ジュンはわたしの顔を見て、にやにやと言った。

「荷物?」

「なに、このメモ。おにいさまって」

パンツとは無縁な手紙なのに、証拠品みたいに押収されている。

「かえして」

と手を伸ばしたわたしのことを、そのときジュンと一緒にバンガローに残っていた三人、大人しい桜井君と、小早川と阿部森は、手紙の内容もしっかり読んだのだろう、ジュンの強引な捜査を止めなかったのか、止めきれなかったのか、それとも積極的に参加したのか、とにかく気まずそうにしながらも、ちらり、ちらりと窺っていた。

第六夜　共犯幻想

1

「誰だよ、おにいさまって」

　わたし、十五歳の〈少佐〉の大切な持ち物、まだ見ぬおにいさまからの求愛のメッセージを、男色評論家を自任するジュンが、勝手に、興味本位でいじくり回した。

　このバンガローに残っていた三人、目立たない桜井……中三の小早川……阿部森もたぶん一緒に。

　許せない。

「かえして」

　わたしが駆け寄り、精一杯に手を伸ばすと、他人の荷物のそばでにやにや突っ立っていたジュンは、べつに運動神経がいいわけでもないくせに、上体をひねり、立ちはだかるディフェンスをかわそうとするバスケの攻撃手みたいに、長い腕を使ってメモを遠ざけた。

顔だけは動かさずに、目はじっとわたしを見ている。

相変わらず口許に笑みを浮かべ、いくらかおどけた表情をしているのは、たぶんそうやってこちらの出方を窺っているのだろう。

本気で挑みかかって来るのか。それはどんな攻撃なのか。どれほどの力なのか。つかみ合いの喧嘩に発展しそうなのか。口だけなのか。すぐ弱気になって、お願いだから、それをかえしてください、と手を合わせて懇願するのか。命じられれば、土下座でもするのか。股くぐりもするのか。

誰か、周囲からの加勢はありそうなのか……。

「かえして」

わたしはなるべく冷静に聞こえるよう、手を伸ばしたまま繰り返した。

こういった場合、慌てたり、怒ったり、泣いたり、叫んだり、あまり感情的になり過ぎると、いい手応えがあったと相手を喜ばせることになりそうだったし、それが少年の嗜虐性や、闘争心を刺激してしまう場合だってあるだろう。

それよりは当然の権利として、静かに、でも毅然と私物の返却を求めたほうがいいと判断したのだけれど、じつはそうやってすぐに平静を装い、その先に待っていそうな、もっと嫌な出来事にも傷つかないよう、早めに手当てをするのが昔からわたしの癖ではなかったか。

小学生の頃、鉛筆や消しゴム、プラスチックの定規など、わたしのお気に入りの文具をつぎつぎとペンケースから抜き取っては、木造校舎の床にあった小さな裂け目に捨ててくれた同級生たちの、さあ、どうする？　とにやにや窺っている顔が、今のジュンに重なって見える。

「誰、これ。なあビューティ・ペア。おにいさまって」

「かえして」

わたしは繰り返した。

今このバンガローの中には、そのメッセージをくれた本人……おにいさまだっているかもしれないのに。

年長者のうち、ここにいない人数との比較からすれば、いる可能性のほうがずっと高そうなのに。ジャック大越は、先生たちのバンガローに水を届けに行って、まだ戻らないけれども。

と、共同炊事場から一緒に戻ったふんわり巻き毛の矢倉先輩が、

「……なんのメモ？　それ、なんて書いてあるの？」

質問していいのかいけないのか、しばらく迷ったけれど、やっぱり聞きたい……といったとぼけた調子で口を開いた。

体は高校二年生だけれど、心に八歳の女児が棲む、とも言われる矢倉さんなら仕方がな

いこととはいえ、あ、そんなこと、わざわざ訊かないで、と先輩を恨めしく振り返ったわたしの耳には、いかにも待ち構えていたような、ジュンの得意げな早口が聞こえる。

「D菩薩峠の合宿で、一緒に寝ようね、おにいさまより、だって。あともう一枚が、ドンマイ、姫、おにいさまより」

ほう、とか、へえ、とか、はあ、とか、周囲からは感心したような、でもどこか気まずいようなどよめきが起こり、わたしは頬を赤くした。

ひどい。

その手紙は、おにいさまとわたし、ふたりだけの秘密だったのに。

あらためて不潔な盗掘者、ジュンのほうを睨むと、彼は確認のためなのか、おにいさまからの大切なメモをぎゅっと握り、細めた目の前に近づけている。

「ぜったい、だ。ぜったい一緒に寝ようね、おにいさまより」

そんな細かな言い回しの違いはいいから、早くかえして、と素早く手を伸ばしたつもりが、わたしはジュンにも劣る、ひどい運動音痴。

すぐ近くにあった紙を、思い切り空振りで摑み損ね、

「おっと」

またジュンの長い腕に遠ざけられてしまった。「あぶないなあ、ビューティ・ペア。な。それで、もういっしょに寝たの？　このおにいさまと」

電気もない、さっき灯したばかりのランタンに照らされたバンガローで、ずいぶん生々しい問いかけにわたしはもっと頬を赤くした。一月生まれだからまだ同じ十五歳の少年は、一体わたしになにを言わせたいのだろう。

おにいさま、いるなら出て来て。

おにいさま、助けて。早く。

そう強く願った瞬間、

「もうやめな」

見かねたふうに、声を上げた人物がいた。

まるでお祈りが通じたかのようなタイミングに、わたしは身震いして、野太い声の主を確かめる。

「ほら。少佐ちゃんが、嫌がってるじゃないか」

片眉をすぱっと剃り落とした紳士は、頬にえくぼを浮かべ、いつも通りの人懐こさで告げた。「それ、返してあげな」

「ジャック……。じゃあ、ジャックがおにいさまなんだ?」

ここでは自分なりの勝手な呼び方をしなくてもいいらしいジュンが、普段通りの、馴れ馴れしい口調で先輩に訊いた。「ジャックがこれ書いたの？　ビューティ・ペアに。ぜったい一緒に寝ようって」

長い腕を伸ばした向こうで、紙をひらひらさせる。

「それ？」

「うん」

「いや、それは違うけど」

首をひねるジャック大越に、わたしの小さなため息は聞こえただろうか。

バンガローの高い天井に、すっと消えて行く儚いため息だった。

小さな、でもいかにも落胆した、といったそのため息が、自分の口から発せられたことにわたしは驚いた。

そんなつもりはなかったのに。なんだか物欲しそうで恥ずかしい。

「とにかくやめよう。そういう、誰かが嫌がることは。ここではもう、一切禁止」

腕っぷしの強い、陽気な元総務・ジャック大越は、ジュンに向かってきっぱり言う。あの夜の、おしおきの反省もあったのだろうか。「いろいろ好みが違っても、みんな、山で漫画を読む仲間じゃないか」

どこか含みがあるような、ないような。結構いいことを言っているような、べつにそうでもないような。ジャック大越の説諭に、ジュンはしばらくなにごとか考えているふうだ

ったけれど、

「じゃあさ、じゃあさ」

やがて、いかにもいい別案を思いついたというような興奮口調で言った。おにいさまからのメモは、まだ遠くに離したままだ。「これ返してやるから、パンツ見せろ」

「え」

と狼狽したのは、ジュンに視線を向けられたわたしひとりではなかった。

おそらく聞いていた全員が、なんらかの驚きの表情をしていただろう。その中には、荷物をあらためた仲間に違いない、桜井、小早川、阿部森の三人も加わっている。

「いや、そういう意味じゃない。バカ。そういう意味のわけないだろ」

みんなの反応に気づいたらしいジュン本人までが、ずいぶん慌てた顔をした。「なんで俺が、どぶ……ビューティ・ペアなんかの」

「どぶ？」

わたしは冷静に、ここは勘よく応じた。「今、どぶすって言おうとしたよね」

「あははは。どぶすだって。どぶすの、でっちり少佐姫。あはははははは」

なぜか異様なハイテンションで笑い出したのが中村草生で、

「うるさい」

それを池田進が短くたしなめた。そういえば彼は、恋人の奇行には案外うるさいタイプなのだった。華奢な草生の脇腹に、池田のショートフックがめり込むのを、わたしは久しぶりに見た。

「じゃあ……なんでそんなもの見せなきゃいけないの」

ともあれ、わたしはジュンのほうを向き直って訊いた。今は大切なおにいさまからの手紙を取り戻さないといけない。

「だって、はいてるかもしれないだろ、こばのパンツ」

「誰が」

「おまえが」

「はいてないよ、そんなの」

わたしは心から呆れて答えた。そもそもジュンがわたしの荷物を探ったのは、その下着紛失事件がきっかけだっただろうが、私物を荒らされたこちらとしては、もうとっくにそんなことは忘れていた。

まだその話だったのか。

しかもお気に入りの男子のパンツをはいて喜ぶ、という発想は、それこそ山上たつひこの変態ギャグ漫画くらいでしか触れたことがない。

「だったら見せられるだろ」

「え、でも」

体育の着替えも苦手で、ひとり時間をずらしているのに、とも言い出せずに言葉に詰まる。

やっぱり、わたしみたいな人間は、ここに来るべきではなかったのだろうか。

山の中で一週間なんていう、厳しいに決まっている合宿に。

なにを期待していたのか、のこのこ、と。

「おい、なんか怪しいぞ。なあ。ビューティ・ペア。隠さないで言ってみろよ。おまえ、やっぱり犯人だろ？　こばのパンツ、盗ったのか」

「違う違う」

ぶるぶると首を振る。「そんなこと、するわけがない」

「じゃあパンツくらい、ここで見せられるだろ」

「えー、それは」

「怪しいな」

と眉根を寄せたジュンは、とりあえずおにいさまのメモをわたしから遠ざけておけばいいだろう、といった雑な腕の伸ばし方をしている。ジュンのそばには、少し脇にばらけるように、盗掘仲間の三人がしゃがんでいる。

バンガローの隅を歩き、そのうしろ側にそっと回り込んで行く人影がひとつ。

「よし、そこまでだ」

池田進が、ジュンの腕を抱え込むようにキメた。「動くと折れるぞ」

警告すると、片手を伸ばして、わたしの大切なメモを取り戻してくれる。

わー、と喜んだ矢倉先輩が、いかにも無邪気そうにぱちぱちと手を叩いていた。

そんな夜にも、きちんと合評をした。

ＣＯＭとガロ、マニア向け二大漫画雑誌で活躍した永島慎二とつげ義春の作品についてだった。

正直ふたりとも、少し前の時代を代表する作家といった印象はあったけれど、当然ながら、それは作品の発表時期のせいもあったし、よほど影響を受けた若者が多かったのか、オフセットの部誌「熊ぼっこ」の創刊初期の号を部室で見れば、両者のどちらかに似た画風の作品がいつも半数以上を占めていたから、なおさら時代というものを感じさせたのだろう。

ただ、わたしたちが入部してからも、「パンジャみのる」さん率いる図書委員が熱心に整理した蔵書の中には、ＣＯＭやガロのバックナンバーや、それらの作品を集めた虫プロや朝日ソノラマ、そして青林堂なんかの単行本は少なくなかったから、漫研に入って、なにか物珍しい作品に触れようとすると、自然とその系統の、いわゆるエンターテインメント誌とは違う場に描かれた漫画を読むことになる。読んでいると、やはり部員の一般教養

なのだろう、

「お、李さん一家は読んだ？」

「フーテンは？」

「きみはこう言いたいのでしょう、イシャはどこだ！」

などと先輩から話しかけてもらえるのも、また楽しいのだった。

それにひと時代前といっても、今思えば、そう遠い昔の話というわけではない。なによりあおい学園自体が、当時はまだその前の時代の空気を色濃く残して運営されていたのだった。

中止されていた運動会はあっさり再開されてしまったものの、学園紛争以来閉鎖されているという学食は相変わらず営業していなかったし、校内は派手な私服でうろうろしている先輩だらけだったし、裏門はずっと閉じられていたし（脇の通用口は開けっ放しだったが）、思い切り斜めに傾いた文字や不思議な略し方の文字でそこらじゅうに落書きがされていた。

それにもちろん、D菩薩峠での長い漫研夏合宿も、明らかに前の時代の影響を受けたイベントだった。

そこでつげ義春の作品、海でメメクラゲにさされた男が医者を探して町を彷徨《さまよ》う不条理漫画の傑作「ねじ式」や、川べりを行く幼なじみの少年少女の淡い交流を描く「紅い花」、旅先の宿で自身の未来を思う「やなぎ屋主人」、それから永島慎二の、夢に辿りつけない青春の切なさを描いた『漫画家残酷物語』なんかについて話すのは、いかにもしっくり来て、これまで鬱陶しいとしか思えなかった江戸川ひろしの議論のための議論、しつこい屁理屈さえ、どこか耳に心地よく、あっさり聞き流すことができた。

それともさすがに合宿も終わり近くなると、大抵のことに馴れてくるものなのだろうか。

「よし、じゃあ今日はこれくらいで、勉強終わりにしようか」

漫画の話を勉強と呼ぶ岸本先生の、相変わらずおだやかな号令で合評を切り上げ、さっそくゲームの時間に入るのも、みんなもう馴れたものだった。

誰かが場を片づけ、あとはトイレに立つ者や、ちょっとしたお菓子を用意する者、それぞれが好き勝手にしているようで、ほどなくぴたっと車座におさまるのがもう見えている。

「ヒューマニズム、お前さっきどこにいたんだよ。ビューティ・ペアがここで暴れたとき」

若獅子ではなく、ヒューマニズムのほうでジュンがひろしを呼んだ。

「小笹が暴れたの？　ここで？　いつ。俺があっちのバンガローでこぶ茶飲んでたときかな」

「こぶ茶？　あっちはそんなのあんの」

「おう、岸本さんの」

さすが中一からの腐れ縁、お互い嫌そうなわりに、ずいぶん息の合うジュンと江戸川ひろしの会話も、ゲーム開始までの短い時間に交わされている。

もちろん事実とあまりに違う発言が聞こえて来ては、さすがに無視もできない。池田進に腕をキメられ、いくらジュンが恨んでいるにしても、わたしが暴れたという話は違うだろう。

「暴れてないよ」

わたしは言い、すぐそばのジャック大越の陰に隠れた。

「なに？　なんて？」

とジュン。

「暴れてないから」

もう一度、ジャック大越の陰から言った。

「もう。結局そうやって、山でも強いやつに懐くんだな、ビューティ・ペアは」

まったく言いがかりとしか思えない言葉をジュンが口にするのが聞こえた。「男色版『蝿の王』だな」

「ハエ？」

というわたしの疑問には答えず、

「甘えてんだよ、あいつ」

ジュンが江戸川ひろしに言いつけているのが聞こえる。

それからみんなが揃い、これまでとは少し趣向を変えて、普通にフィクション以外の人名しりとりをはじめる。何度か席の入れ替えがあり、ズービン・メータで一度はかわした「ズ」の二度目で詰まったわたしに、他でもないジュンが罰を命じることになった。

まさか、またパンツ？　と嫌な予感がしたのだけれど、さすがに面倒くさいやつと思われたのか、一日に何回も揉めたくはなかったのか、ふん、と小さく鼻を鳴らしたジュンが、

「じゃあ、物真似やって。なんでも好きなのでいいから」

と、ずいぶん投げやりな口調で指示を出したので、正直いくらか拍子抜けしながらも、もちろんまずほっとする。

漫研部員の多くが愛する、S区道玄坂、ムルギーカレーのおばあさんの物真似をして許してもらった。定価が五十円増しになる玉子入りカレーを勧める、という、お店に行ったことがあれば誰でもできる物真似だった。

「よし、寝るよー」

やがて消灯の時刻を迎え、妙に楽しげに声を弾ませる中村草生とは違い、まだパートナーの見つからないわたし、十五歳の〈少佐〉は、
あぶれる……。

といよいよ怯えながらも、結局は睡魔に勝てず、いつの間にか深い眠りに落ちて行った。

2

六日目の朝、靴脱ぎの隅に石はもううまく積めなかったようで、平べったい石が三つずつ、二列に並んでいた。

「おーい。見ろ、見ろ。あそこにあるの、小早川のパンツじゃないか?」

「どこ?」

「あそこ、木の上。鳥の巣の下に引っかかってるの」

「鳥の巣? あ、ホントだ。赤の水玉だ」

という外からの大きな声で、昨日のひと騒ぎがただの茶番だったことを、起きて間もないわたしは知った。

刑事ジュンからの謝罪が、そのうちあるだろうか。

そして共同炊事場での爽やかな朝食後、スケッチをするという池田進にモデルを頼まれた。

「え、いいの? 草生は?」

「草生、ですか?」

中村草生は、お手洗いを利用している様子だった。「んー、まあ草生は、もう見なくても描けるから、いいですよ」

　そう言って池田進が開いて見せてくれた小ぶりなスケッチブックには、可愛い少女漫画タッチの草生が、本当にいっぱい描かれていた。

　横顔。正面。怒り顔。笑顔。吊り目。イメージカットなのか、妖精みたいな服を着た全身まで。

「どこで？　どこで描くの？」

　池田進は絵が上手いから、やっぱりちょっと描いてもらいたい。ブランコとか、そこの切り株とかで。と、登山道に出た池田が、こっちへ、と手招きをした。肝だめしと同じ方向だけれど、日があれば少しも怖くない。言われた通りについて行く。ざりざり、ざりざり、とふたりで歩きはじめると、すぐに共同炊事場のほうから、あれえ、池田？　池田、どこ行った？　という草生の声が聞こえた。

　ねえ、誰か池田のこと見なかった？　池田くーん、池田進くーん、四月生まれの十六歳、三島由紀夫とジェームズ・コバーンの大好きな池田ぁ〜。

「じつはね、去年、知り合いの大人に訊ねたんですよ」

　恋人の声が聞こえなくなるあたりまで来ると、池田進は言った。

「知り合いの大人に？　なにを」

「男子が男子を好きになるのは、おかしなことではないのか、って」

「うん」

いきなりの核心めいた話にわたしはどきどきした。

もちろん彼の恋人が男子なのはみんながずっと知っていたことだけれど、あえてそこに触れるのは、部内ではジュンくらいだった。

「そしたらひどいんですよ、思春期にそういうのはよくあるから、気にしすぎないほうがいいよ、って。それは、はしかみたいなもんだから、悩まなくてもいずれ女の人を好きになるさ、って言うんですよ」

「……はしか」

「ええ、バカにしてませんか？　そんな決まり文句。しかも悪いことみたいに」

池田進は急に足を止めると、道端に腰を下ろし、モデルのわたしを一歩先に行かせて、そこでスケッチブックを構えた。

「まあ、はしかでもいいんですけど。実際、この合宿でもそういう仲になって、それは短期間のいい思い出、みたいなこともありますからね」

ポーズを取るのか話を聞くのか、どうすればいいのかわからずに、わたしは池田進のほうを向き、木立の陰にぼんやりたたずんでいた。

「もう去年なんて、ひどいもんでしたよ。行きのバスの中から、誰と誰が寝るとか、誰の隣に寝る権利を譲ってくれとか、それより今横に座らせてくれないかとか、俺もこの合宿の間は男を好きになることにしたとか、試しにあとでちょっと乳首吸ってみてくれないか、とか」

「えっ、去年はそんなことが」

「ええ。でもみんな、明るく」

池田進は、さらさらとペンを動かしながら言った。「ただ、僕はわかってるんです。僕は治らないはしかですよ」

◯

治らないはしか、とそのとき池田進は、確かに言った。

僕は治らないはしかですよ……と。

四月生まれの彼は、同じ高一ながら、自分の性的志向……もっぱら男子を恋愛の対象とすることを、強く意識し、理解し、正確に把握していたのだろうか。

それどころか身近な大人に相談したのが去年だというのだから、中三の時点で、じつはよほど思い悩んでいたのかもしれない。というより、身近な大人とは一体誰なのだろう。怖くて聞けない。

ともあれ、その場でのわたしへの急な告白（カミングアウトなんていう言葉は、まだ世の中に存在しなかった）には、不思議なほど、気負いのようなものは感じられなかった。

逆にこちらの反応を窺って、びくびくする様子もない。

それはただきっぱりと、いかにも自然に口をついて出た言葉に聞こえ、わたしはどう反応していいのか正直困った。

黒革の手帳を持ったジュンが、

「聞いたぞ、池田、生涯男色家宣言！」

と思わぬスクープにはしゃぎながら、今にも向こうからあらわれそうでどきどきする。ついでに総務兼合宿の記録係の江戸川ひろしが、荷物の奥から見つけた本当に最後のフィルムを装填した8ミリカメラを構え、カタカタ、カタカタ、と同録のそれを回しながら、おーい、今のをもう一回、カメラの前で話してくれよお、記念、記念、と近寄って来るかもしれない。

つまりそんな大切なことを、共同炊事場からほんの少し離れたくらいの場所で口にしてはいけない。

根が真面目で小心なわたしは、まずそんなことにどきどきしたのだけれど、もともと池田は漫研の部室で同性の恋人といちゃいちゃ、べたべた、キスや膝枕や頰ずりや毛づくろい（としか言いようのない行い）なんかをしていたのだから、今さら男色家だと告げられても、よほどの幽霊部員以外、本当は誰も驚かなかっただろう。

わたしだって本来、うん、知ってるよ、それ、とだけ答えたいところだ。

ただ、それでもまだ十六歳の彼が、長い将来を見据えて、ずっと男子を好きだと宣言したのには、やはり動揺した。

ことに池田の場合、パートナーの中村草生とは違い、普段は穏やかな思慮深い性格で、いかにも大げさな、こけおどし的なことを口にするタイプではなかったから、その発言には、相応の覚悟と重さがあるように感じられた。

なのに、さらりと口にできたのは、わたしをどこか同類と見なしたからだろうか。

それとも他に、つづけて告白したいことでもあるのか。

「あれ？　どうかしましたか。少佐。顔が赤いですよ」

わたしの顔と、スケッチブックに走らせるペン先のほうをちらりちらり見比べながら、池田進は面白そうに言った。「まさか……はしかですか」

言うと、自分の冗談がよほどおかしかったのか、それともわたしが渋い顔でもしてしまったのか、池田は身を折るようにして笑い、足をばたばたさせた。

それから息を整え、またスケッチブックを構え、リスタートの咳払いをする。「いや、失礼」

やはり池田進は、わたしにも、はっきりと告白をさせたいのかもしれない。

この場で。

わたしも、同じ治らないはしかを患っていると。

それともそんなまどろっこしい儀式は、べつに今さら必要ないのだろうか。さらりと自分が告げてみせることで、君も同じでしょ、わかっていますよ、とほんの少し年長の彼は、ひそかに伝えたかったのかもしれない。

でもどうなのだろう。わたしは、はしかなのだろうか。

「……草生は？　草生はどうなの」

わたしは訊いた。

「草生が、なんですか？」

ヨリの戻った恋人の名を出された池田進が、首をかしげた。

「草生のはしかは、治るのかな」

わたしは明らかに、余計なお節介を口にした。

自分の立場を一旦保留して、人のことに話題を移すのは、その頃のわたしの十八番、得意の目くらましだった。

あるいはその時点でもう、周りにはとっくに見透かされた手口になっていたのかもしれないけれども。いつもそばにいるのは、同じ部活を二年、三年とつづけている仲間ばかりだった。

「うーん。草生はとにかく気取り屋ですからね」

池田はあれこれ記憶を探るように、考えながら言った。もちろん草生の昔の姿だって、わたしたちはよく知っている。「ソドミーも耽美派のたしなみ、と思っているところもあるのかもしれませんよ」

「そういうタイプかな」

「そう思いませんか」

「うん。わかる気がする」

あれは中二から中三にかけての頃だっただろうか。

「ボクは三十歳にはならないよ。二十九歳になったら、シベリアの大平原に行って首をつるんだ」

草生は部室で、よくそう口にしていた。おそらく本人の中では、自分は絶対の美少年だったのだろう。

加齢を怖れ、こだわりの美意識を持つ華奢な中学生（愛唱歌は「キラークイーン」）は、思い返せばなかなか面倒くさい存在だったけれど、これには同学年で最初に漫研に入った漫画少年、自宅でも大学ノートに『怪盗プラム』という連載漫画をせっせと描き、休日の部活にはベレー帽着用で参加する皆川君が、

「でも中村君。大平原のどこで首をつるの。見渡すかぎり、野原以外なにもないのが大平原なんじゃないの」

といつも楽しそうに指摘したから、その質問までがセットになって、おかしく記憶され

た。

　え、それは大平原にある小屋で……とか、大平原の向こうにある林で……とか、その場で穴を掘って……とか、草生の答えが毎回苦しそうなのも楽しみだった。

　普段は誰かにそういった茶々を入れられると、かなりヒステリックで攻撃的な反応を返すことの多かった草生も、自分より入部の早い皆川君には気を使うのか、それともあまりにタイプが違い過ぎてうまく対応できなかったのか、じつは顔立ちで言えば、ルーマニアの妖精、ナディア・コマネチ似の皆川君のほうが美しいことに気後れするのか、とにかくやり込められたふうになってしまう。

　いずれにしろ、それはまだ草生が池田進と恋人同士になる前の話だった。


「できた」

　ちょっと時間をかけ、ようやく一ポーズを描きおえた池田進が、

「はい」

　スケッチブックをこちらに見せてくれる。わたしは一気に華やいだ気持ちになった。

　可愛い。

　明らかに、可愛く描いてくれている。

　目はくるくると黒目がちで、鼻と口は小さく、顎も丸い。

しかも少女漫画タッチだけあって、女子っぽい、やわらかな表情をしている。

嬉しい。

嬉しくて仕方がない。

「池田は絵が上手いね」

わたしは心から言った。一条ゆかりの漫画『さらばジャニス』の主人公にでもなった気分だった。それは男子生徒のジャニスが、心と体の性別が違うことに悩んだ末、学校から消え、やがて女子となって教室に戻るという話だった。べつにそういうストーリーの漫画ばかり選んで読むわけではなかったけれど、もちろん読めば忘れない。

「気に入ってもらえましたか」

「うん、すごく」

「そうですか。じゃあよかった」

大きな目をこちらに向けて、池田進は得意そうに言った。「もっと描きましょうか」

「うん、描いて」

素直にお願いすると、ささ、さささささ、ささ、と今度はだいぶ素早くペンを動かしている。

完成。

また可愛い。

「じゃあ、今度は違うポーズで」

さらに違うポーズ。

なぜか絵の中でだけ、もこもこの羊の着ぐるみも着せてもらう。

など、次々と可愛く描いてもらいながら、わたしはいよいよ、心の中に固まって来るものを感じていた。

この目の大きな、いつも背筋をぴんと伸ばした池田進こそ、あのメモをくれたおにいさまなのではないのか。

はじめから、どこかそんな気はしていた。

でも、どうやって訊こう。

ねえ、池田がわたしのおにいさまなの？　と甘く訊くのは、やっぱりなんだか気恥ずかしい。そんなふうに訊いて違ったら、泣いてしまう。

それにタイミングが悪いことには、この合宿で、いきなり元恋人、中村草生とヨリを戻してしまった。

だからもう、わたしと一緒に寝ることはできないのかもしれない。

けれど、せめて手紙の主だとは明かしてほしい。

「そうだ。あのメモを書いたのも、池田？　でしょ」

絵が上手いね、もっと描いて、というスケッチの話題の延長みたいに口にすると、

「メモ？」

池田進は不思議そうに首を傾げた。

「うん、昨日、ジュンから取り戻してくれたやつ……メモ……手紙」

「ああ、おにいさまの」

池田進はうなずいて言った。

「そう……おにいさま」

わたしもはっきり口にすると、胸一杯に甘酸っぱさが広がった。

おにいさま。

おにいさま。

ああ、おにいさま。

「違いますよ」

でも池田進は、残念なことを言った。

「え、違うの？」

「はい」

「本当に？」

「ええ、違います」

池田の声を聞きながら、わたしは悔しさに小さく唇を噛んだ。きっとこの合宿に来ても、どこかで絶対に嫌な思いをする、というわたしの確信めいた不安を、少なからず打ち消して、気持ちを軽くしてくれたのは、合宿前に見つけた、あのおにいさまからの手紙なのだった。

もしそれがなければ、この合宿にも、出発前のぎりぎりあたりで、不参加を決めたかもしれない。

「嘘ぉ。もう池田で間違いないと思ってたのに」

「なにを根拠に」

池田進は小さく笑いながら、もう一回、首を横に振った。

それはずいぶん感じのいい笑顔だったから、本当はおにいさまでした、というフェイントでもあるかと思ったけれど、どうやらそうでもない。「それより、あれ、少佐の字じゃなかったですか。ひと目見てそう思いましたけど」

取り戻してくれたときに、文面もちらっと見たのだろう。

「え、どういうこと?」

「そのままの意味ですけど」

と池田進は言った。上目づかいでこちらを見る。「自分で書いた手紙を持ってたのかなって。勇気づけに? ちょっと不思議に思って、返すときしっかり見ちゃった」

「えー違う」

わたしは大きく首を振った。

「そうですか？」

「違う違う。小さな子どもじゃないんだし、そんなことしないって」

「じゃあ、字を書いてみてくださいよ」

池田進はスケッチブックとサインペンを差し出し、からかうように言う。わたしはそれに手を伸ばし、受け取ってから、ちょっと考えて、道端に腰掛けた池田進の横にしゃがんだ。

サインペンのキャップを外し、並んだ可愛い絵の下に書く。

お、に、い、さ、ま、よ、り。

おにいさまより。

「あ、その字でしたよ」

池田進が嬉しそうに言った。

「まさか」

「いえいえ本当に。あとで手紙と比べてみましょう」

「それより、じゃあ池田も書いてみて」

「いいですよ」

「斜めにならない字で」

あおい学園の中のあちこちにある落書きや立て看板を真似した、右に大きく傾いた字を池田進は自作漫画の書き文字として得意にしていたけれど、普通に真っ直ぐの可愛い文字も書けるはずだ。注文をつけると、その指示通りに、
おにいさまより。

と真っ直ぐの字で書いた。

「どうですか」

「うん、その字。その字だと思う」

わたしはうなずいた。おにいさまからのメモの字にそっくりに見える。

やっぱりおにいさまは、池田進なのではないだろうか。

「あの、これ、横の少佐の字を真似したんですけど」

スケッチブックに並ぶ文字を示して、池田進は笑った。


ひるひる、ひるひる、るる。

りりり、るる。

やがてそこに小さいけれど明るい鼻唄が聞こえて来た。

聞き覚えのあるそのメロディーは、以前漫研で繰り返し自主上映会をしていたアニメ映画『太陽の王子　ホルスの大冒険』のヒロイン、ヒルダ（声・市原悦子）の歌だった。そ

れをいつも口ずさむ人も知っている。

つまり楽しげにそれを口ずさみながら歩いて来るのは、一般の登山客ではなくて、漫研のあの人だろう。

ひるひる、ひるひる、るる。

りりり、るる……。

と繰り返していた歌声が止んだ。

「あれ、少佐ちゃんと池田ちゃん、こんなところでなにしてるの」

声の主は予想した通り、高二の矢倉さんだった。「あ、もしかしてふたり、知らないうちに付き合いはじめた？」

「違います、違いますよ」

わたしは頬を赤くして立ち上がった。「そんなんじゃないです。池田には、草生がいますから」

「ああ、そうだよね。池田は草生ちゃんと仲直りしたんだもんね」

そばかすに巻き毛の矢倉さんが、ずいぶんのんびり、にこにこと言った。

池田進は、ん、と不満げに鼻を鳴らし、咳払いをした。もちろん先輩への不満ではなくて、同学年のわたしに文句があるのだろう。

「またそうやって自分だけ逃げる」

「だって二番逃げだから」

私は言った。

「もう。開き直ってる」

呆れたように池田進は言う。いつだったか、部活帰りに誰かが言い出したイタズラ、少年らしいピンポンダッシュに嫌々ながら付き合い、毎回最初に逃げ出すのもいかにも弱虫っぽくて恥ずかしいからと、ひとり誰かが逃げ出すのを待ってから、すぐあとにつづくという作戦を選択、ほどなくみんなにそれを見抜かれ、二番逃げの小笹、と呼ばれるようになったわたしだった。

あらためて自分で分析しても、ちょっと卑屈で小ずるいところはある。

矢倉先輩は、この自由時間、ひとりで付近の散歩、探検をしているということだった。

「あと一日だから、このへんもいっぱい景色を見ておこうと思って」

「ほう、いいですね」

と、おじいさんみたいな口調で池田進が言った。

「あと一日かあ」

とわたしもしみじみ応じた。六泊七日の長期合宿も、いざはじまってみれば、案外早いものかもしれなかった。

ひるひる、ひるひる、るる。

りりり、るる。

また歌いはじめた矢倉さんと別れ、

「じゃあ戻りましょうか」

「うん」

池田進とふたり、バンガローのほうへ向かう。

途中、まず共同炊事場の脇を通ると、相変わらず、ジャック大越を中心に五人ほどがブランコ遊びをしていた。もはや現地の子供たちのようなしつこさ、相変わらずそこでジャンプして、距離を競っているみたいだ。

「進ちゃーん、少佐ちゃーん、飛んで行かない？」

毎日きちんと剃っているのか、きれいな片眉のジャックからの明るい誘いを、

「一回バンガローに戻るんで、またあとで」

と池田進がはきはきと断っていた。わたしは運動音痴なので、そういう誘いには、ただ曖昧に笑っておく。

ブランコ遊びのほかには、炊事場に人影はなかったから、あとはだいたい、バンガローで漫画を読んでいるか、そのまわりにいるのだろう。

「カップルはだいぶできたんですかね」

「うん。中三のふたりはキスしてた」

わたしは昨日見た光景をはっきり伝えた。

「へえ、それはお似合いですね」

「うん」

足元に気をつけて、バンガローへと下りて行く。と、大きなほうの小屋の入口近くまで来たところで、

「きいいい、天誅《てんちゅう》う」

両手の指をすべて鉤状にして、爪を立て、キャットウーマンみたいに素早く襲って来る人影があった。

やられた。

完全に。

目をつぶされ、喉をかき切られる。

とわたしが覚悟した瞬間、その襲って来た人影を、池田進がショルダータックルで弾き飛ばした。

よほどうまく力がそちらに向かったのだろう。バンガローの脇にまで転がった犯人は、たまたまそこだけごっそり土が削られたようになった林間の窪地にはまったようで、丸まった姿勢のまま、下り勾配を後ろ向きに、ごろんごろん、ごろんごろん、と転がって行く。

「あれなあに、すごい」

「人間ボールだ」

「本当だ、人間ボールだ」

バンガロー周りでまた撃ち合いをしていたらしい中二のお子さまトリオが、そちらを見て興奮した声を上げた。

慌てて近づくと、えい、えい、と気合いを入れながら、窪地に向かって銀玉鉄砲を撃つ。やがて止まった人間ボールがゆっくりほどけ、細身の部員がひとり立ち上がった。

「おーい、人間ボール」

「あ、人間ボールが立った」

「ボールは草生先輩だった」

お子さまトリオが騒ぐ中、

「ひどい。池田。やっぱり、でっちり少佐のことを選ぶんだね」

声高に文句を言いながら、中村草生は窪地から一歩一歩、しっかりと上がって来た。なんの怪我もなさそうなのは、やはり元山岳部だからか。それともきれいにころころと転がったからなのか。

「もう。草生。どうして普通にできないんだよ」

スケッチブックとサインペンを拾い上げた池田進が首を振り、困ったふうに言った。

「ううん。言うなれば、これがボクの普通」

ようやくバンガローの前にまで戻った草生は、意地でも張るようにきっぱりと言った。

「違う？ じゃあ普通ってなに。教えて、池田。池田の普通を教えて」

夏草の葉がいくつかついたおかっぱの髪を揺らし、草生はうすい唇をとがらせている。

3

池田進はしばらく困ったように、小さく首を振って黙っていた。

ただし、恋人から問い返された「普通とはなにか」の答えを求めて思い悩んでいるふうではない。それよりは、ついさっき林間の窪地を後ろ向きにごろんごろん、ごろんごろんと転がって行った人間ボールに、いきなりそんな真っ当な質問をされても困る、とでも言いたげな表情だった。

それでなくても、エキセントリックに感情を昂ぶらせた草生と会話するのは、相当に大変なのだった。それは同学年の部員なら誰でも知っている。とりあえずなだめて落ち着かせようとしても、すぐに言葉尻をとらえて挑みかかって来るし、まともに論争に応じれば、なおきつく攻撃されるに決まっていた。あきらめて気を抜けば、今度はいよいよ本気で牙を剝き、爪を立てて襲いかかる。

しかも、そのしつこさは蛇のごとし。

そんな相手にいつまでも口で挑むのは、精神がタフで議論好きな江戸川ひろしくらいのもので、以前交際していたときの池田進はといえば、さすがに呆れる場面も多かったのか、鍛えた技で、素早く制圧するのを得意としていた。つまり草生の口を手で塞ぐ。両手で首を絞める。ぴしりと頰を叩く。腹部にパンチを入れる。といった野蛮な技で。もっとも、さすがにきちんと手加減はしている様子だったし、姿勢のよい池田が無駄のないフォームで攻めるのを、草生のほうもきれいに受け止め、大抵はすぐ大人しくなるのだったけれども。流れの決まったお芝居か、プロレスごっこにでも近かったのかもしれない。

そういえば昨日もさっそくきーきーと騒ぐ草生に、池田が腹パンチをくれるところを目にしたけれど、とはいえ、その方法をここで採用するには、今の草生の怒り方はいくらかシリアスに見えた。

ヨリが戻ってすぐ、という事情もあったのだろうか。

せっかく一昨日、仲直りしたばっかりなのに、という思いは、外野で見ているわたしにもあったくらいだから、本人たちは、当然もっと強く感じていたに違いない。

池田はまだ黙って、困った顔をしている。

ふん、と先に笑い、口を開いたのは草生だった。

「肝だめしのときは、池田のほうが、ボクの帰りが遅いって嫉妬して、しがみついてきたくせに」

草生の話は、もう先に進んでいた。あるいは元に戻ったのかもしれない。「その気持ちはもう忘れたんだ？　ホントに浮気性なんだから」

バンガローの前で、草生は池田にはっきりと言った。部活の夏合宿には似つかわしくない単語が、爽やかな朝の山中に広がって行く。声はドアの開いたバンガロー内にも響いたのだろう。「浮気？」「浮気性？」「誰が？」とばかりに、もっそり頭を持ち上げ、いくつかの人影がこちらを向くのが見えた。

「浮気者。この、浮気男。カサノバ。好色一代男。世之介め」

洋画と洋楽と洋書と洋菓子と西洋史が好きなはずなのに、めずらしく和風な単語まで持ち出して、草生は言った。この前ジルベールと呼ばれた仕返しだろうか。一度別れたときに、陰でそういったトラブルがあったのかもしれない。

「いや、そういうことじゃないでしょう」

と、あえてなのか、池田進は鷹揚な調子で言った。

「じゃあなにしてたのさ、朝ご飯のあと。そのでっちりどぶす少佐姫と、ふたりで消えて」

「でっちり……と、どぶす、は……いやだ」

というわたしの小さな抗議の声は、ほとんど口の中でもごもご言ったせいもあって、ふたりからはあっさり無視された。

「ほら、ふたりで消えてなにしてたの。言ってよ」

と、草生。

「だから、それは登山道で、少佐にモデルになってもらって」

「聞きたくない！」

自分で質問したくせに、草生は池田の答えを強く遮った。噛みつきそうなくらい、白い歯をむき出しにしている。「どうせ絵を描いてあげるって、池田から誘ったんでしょ」

「さあ、どうだったか」

と、池田進はくりっとした目をわたしに向けた。

さっきモデルになってくれと言ったのは、間違いなく、池田から自発的にだった。けれどどこはわたしが罪をかぶり、場を丸く収めるべきなのだろうか。でもそのせいで、またいきなり爪を立てた草生に襲われるのは叶わない。ぷるぷる、ぷるぷると、小さく首を横に振る。

と、

「いつも楽しそうでいいなあ。君たちは」

ちょっと失礼、と横をすり抜けて行こうとした岸本先生が、可笑しそうにわたしたちを見た。

もちろん一触即発、ずいぶんぴりぴりした空気だったのに。それとも先生くらい大人になれば、十代同士のちょっとしたトラブルなんて、どれもこれも楽しげで、可愛いものなのだろうか。そもそもあおい学園の先生は、厳しく教育者然とした人よりは、自分もなにか学問の研究をつづけ、生徒とはフラットな関係でいることを好むタイプが主流だった。顧問の岸本先生も、明らかにそちら派だった。

そんな先生ののどかな発言に勇気づけられたのか、なんだかこわごわといった様子であとにつづいていた中二のお子さまトリオまで、

「お、楽しそうだな」

「人間ボールだな」

「天誅だな」

口ぶりを真似して、余計な一言ずつを発する。特に最後のひとりは、天誅の言葉とともに愛用の銀玉鉄砲の銃口を、そーっと草生に向けようとして、

「こらっ」

『オバケのQ太郎』でアメリカのおばけ、ドロンパが居候する神成《カミナリ》さんちのおじいさんのような一喝とともに、池田進ににらみつけられた。

途端に首をすくめ、先生を追い越す勢いで仲間ふたりと通り過ぎる。二年違いとはいえ、やはり彼らにしてみれば、そこに立つのは、こわい先輩（たち）だったのかもしれない。

ちょうどわたしたちが、三学年上の「ＫＧＢ」さんや「金満」さん他、今はＯＢ（または本人曰くＯＧ）となった耽美派の先輩たちを、行動が大胆で、知識が豊富、口も達者で、見た目は変態っぽい、とどこか憧れつつも怖れていたみたいに。

「さ、僕らも中に入りますか」

三人組が逃げるように通り抜け、先生もバンガローの中に消えると、そのチャンスに池田進は提案した。うん、とわたしも急いで同意する。

「待って」

唇をとがらせた草生は、あっさりその流れを止めた。まだ話は終わっていない、ということらしい。「その前に、見せて。スケッチブック。絵。描いたんでしょ」

「スケッチブック？　ここで？　いいですよ」

池田はあっさり答え、さっきショルダータックルのときに落として拾い上げたスケッチブックを、自分で開いた。

絵を見せることで、なにもやましいことなんかないと証明したいみたいだ。けれど、果たしてそれで納得してもらえるものなのか。

もちろん絵がまったくなければ怪しいけれど、あればあったで、また仲を勘ぐられて、嫉妬されるだけではないだろうか。

なにしろ相手は猫。

そしてしつこい蛇。

実際、わたしの悪い予感は的中した。ページを開いた池田進が、ゆっくりそれを差し出すと、

「誰これ。少佐？　こんなに可愛くないじゃん」

一瞥し、呆れ声を上げた草生が、しゃあっと爪で襲って来た。

絵の上で空を切ったその手首を、池田進が素早く摑む。

「もうこれくらいにしましょう、草生」

池田進が言う。ひねり気味に腕を引かれ、草生は痛そうに顔をゆがめた。

「だって池田が……」

が、と鼻に抜ける音が聞こえたところで、池田進はその声を口で遮った。文字通り、口を口で塞いだのだった。

ひっ、とわたしは目を背けた。

地面に落ちたスケッチブックが、ちょうど開いたままのかたちに、美化されたわたしの絵をこちらに向けていた。

女子っぽく修正された顔が、いくつも、はにかむように笑っている。

もう、本当に動きませんね、姫は。

これまで何度も池田に注意されたことを今になって思い出して、わたしはスケッチブッ

クを拾い上げた。

表紙の側に大きな汚れがないのを確かめて、ぽんぽんと土を払う。

ヨリの戻った恋人たちは、バンガローの脇によけ、まだキスをつづけていた。

以前の交際期も、そんな激しいやり取りをときどき部室内でしていたけれど、激しい諍いのあとで、余計に燃え上がっているのかもしれない。わたしは池田のスケッチブックを閉じると、胸に押しつけるように抱え、バンガローに足を踏み入れた。

靴脱ぎのところに、手足の長いジュンが隠れるように立っていて、

「おい、ビューティ・ペア」

囁くように言うと、一歩下がり、ちびた鉛筆を持った手でわたしを小さく手招きする。

もう一方の手には、おなじみの黒い手帳を構えていた。長めの髪を片方だけ耳にかけて、そちらの耳を外に向けている。よほど様子が気になったのだろう。ちょっと欧米系のモデルみたいな彫りの深い顔立ちが、本当にただの無駄にしか思えない。

「なあ、男色兵士と、がりがりスナフキン、どうしてる？」

また勝手なあだ名でふたりを呼ぶジュンに、

「いるよ、外に」

わたしは答えた。「……ずっとキスしてる」

これではわたし、十五歳の〈少佐〉は、ただの密告者だった。よくて愛の目撃者。

みんなのロマンスの語り部になってしまう。

せっかく長い合宿に参加しているのに。

このままでは。


そのあと、六日目の活動予定は、ひたすら読書だった。

漫研の部員らしく。

そもそもの、この合宿の目的通りに。

バンガローには徐々に人が戻り、思い思いの姿勢で、それぞれ好きな漫画を勝手に読みはじめた。

合評の会は昨夜で最後の予定だったたし、ここまで特に変更を求める意見も出なかったから、もう追加の討論をするような事態にはならないだろう。あとはただ、自宅や部室にいるときなんかと同じように、自分好みの漫画を読んで楽しめばいいみたいだ。壁に背をもたせかけ、足を伸ばす。

開け放した窓から日が差し、風がよく通り抜けた。

分厚く聞こえる虫の音は、意外と耳に心地よくて、少しも読書の妨げにはならなかった。むしろ集中力を高めるのか、グループでいることをふっと忘れさせてくれる。

何十回目になるのだろう、お気に入りの少女漫画、自分で持って来た岸裕子の『玉三郎恋の狂騒曲』を読んで、涙を流すくらい笑う。日本舞踊名取の美形高校生、楡崎玉三郎が好きな男性にどきどきするのを目にした祖父（家元）が、コマの隅で自分の額の汗を拭って、

「わしのあの趣味が、孫のお玉に……」

と焦っている。

あははは。あはははは。あはは。楽しい。

それは確かに幸福な時間だった。

4

ずいぶん分厚く切ったサラミ。コンビーフ。ハム。

やけに肉っぽいおかずと、チーズ。クラッカー。

プラス、中村草生おすすめ、たっぷり苺ジャムのはいった紅茶がお昼のメニューだった。

「これ、絶対に食糧のペース配分誤っただろう」

こういうとき、必ず余計な指摘をするのは江戸川ひろしだった。理屈としては正しいようだけれど、口にする必要のないことをわざわざ言う、というしつこさでは、男色評論家のジュンと似ているのかもしれない。

確かに急にひとり当たりの配分と種類が増えたように思えるメニューは、いかにも保存食を帰宅前日になって大放出といった雰囲気ではあったけれど、もちろん缶詰やハムやジャムなんかを、食べずに持ち帰っても仕方がない。帰りの荷物が重くなるだけだ。使い切ってしまうのが正解。

そう素直に判断すればいいだけなのに、

「べつになんも間違ってないよ、予定通りだよ、これで缶詰はだいたいなくなったから。あとは夜のぶんのおかず」

口を尖らせた中村草生に、

「だ、か、ら。もうちょっと早くに分けて食べればよかったんじゃないか、っていう話」

どうでもいい主張を曲げないのも江戸川ひろし。

「ねえ、バカじゃないの？　山は途中でなにが起こるかわからないんだから。全部食べちゃってから、ここに足止めくらうことになったらどうするのさ？　悪天候とか落石とか、怪我人とか急病人とかで。死ぬよ？　みんな餓死するよ？　中二だって、三人いるんだよ」

結局、買い出しのときからなにも変わらない反論を草生がしている。やはり人はそう簡単に成長するものではないらしい。この口喧嘩もまた長いのだろうか、と様子を窺っていると、まあまあ、と池田進が穏やかに割って入り、あろうことか草生は大人しくなった。

夏みかん顔の江戸川ひろしなんかと不毛な口論をして、彼との大切な時間を無駄にしたくないのかもしれない。

それよりも、夜はここで残りのお米を全部炊いて、あまりは明朝のおにぎりにしようといった計画も立てながら、外での食事を楽しむ。

「よし、ジャンプ」

共同炊事場での食後は、またブランコ遊びになった。

「最終戦」

一体それは通算何回戦なのか。とにかくまだ誰にも破られない大記録を持つというジャック大越が宣言すると、みんなが挑戦して、全日程を終える雰囲気になった。

この合宿のはじめのころやったみたいに、中二が飛び、中三が飛び、矢倉先輩も岸本先生も飛んだ。ジャック大越が、ジャアアァック、と自分とヒーローの名を叫びながら、宙を歩くくらい、素晴らしく遠くに飛ぶ。

じつは結構な運動音痴で、そっと逃げようとしたジュンも参加させられる。危なっかしい小ジャンプを、へっぴり腰で終えたジュンが、

「次、ビューティ・ペア」

逃がさない、とばかりに、わたしを指差した。「知ってるぞ。おまえひとりだけ、まだ一回も跳んでないだろ、この合宿で」

「そうだ」「そうかも」「そうだっけ」と周りが言う。

「いいよ、少佐ちゃんは無理しなくて」

片眉のジャック大越と、

「そういう強制はやめませんか」

池田進は気づかってくれたけれど、わたしは覚悟を決め、小さくうなずいた。

「ちょっとくらいなら、飛べるかもしれない」

言うと、

「おー」「えー」「わー」

大きな歓声が上がるここは、一体どんな場なのだろう。古代ローマのコロッセオにでもいる気分でブランコに腰を下ろし、地面を足で蹴って漕ぎ始める。

ただし、普段よりほんの少しでも威勢がよかったのは、そこまでだった。なんとなく飛べそうな気がして参加したのだけれど、
よし、今!

今!

今だ!

少佐、今!

飛び出すチャンスを何人かにユニゾンで教えてもらうと、そんなふうにみんなの声が揃

うタイミングを、まず理解できない自分はこの競技にとことん不向きなのだろうと思った。

今！

今！

今！

すぐにブランコを下りたわたしを、ジャック大越が、少し先でなぜか大きく手を広げて待ち構えている。

わたしはあきらめると、地面に足を突っ張り、ブランコを止めた。「ごめんなさい」

「ダメだ。やっぱり飛べない」

そのままやさしく抱き留めてくれそうだったので、恥ずかしい、わたしは咄嗟《とっさ》に向きを変え、ジュンと江戸川ひろしがしゃがんでいるほうに歩いたのだけれど、そうやってあちこちに視線を泳がせすぎたのがいけなかったのだろう、肝心の足元に見落としがあった。

大きな木の切り株に、思い切り足を引っ掛けてつんのめったのはそのすぐあとだった。

「かっこ悪いなあ、ビューティ・ペアは。ブランコで跳んでもいないのに、転ぶなんて」

とにかく口の悪いジュンだったけれど、一応は助けに駆け寄ってくれた。

「だってこんなところに木の切り株が」

「あったよ。それ、ずっとそこにあったから。合宿の初日から。もしかしたら、去年もあった」

江戸川ひろしが、にんまり笑いながら言った。「それより足平気か？　怪我してない？　こんなとこで転んで怪我したら、小笹、明日ひとりだけ帰れないよ」

「誰かにおぶってもらう」

わたしは軽く応じた。それは昨日合評したつげ義春「紅い花」のラスト、お腹の具合を心配してくれた幼なじみ、まだ子どもっぽいシンデンのマサジにおぶってもらうヒロイン、キクチサヨコのイメージだった。けれど、同じ連想をした人は、とりあえずいなかったようだ。

「無理だよ、重い」

「うん、お尻が特に」

「おぶったら死ぬ」

「おぶって、ずっと下りるのは無理だから、そのまま山に捨てに行く」

「姥捨て山……違う、姫捨て山だ」

「くくく、くくくく」

池田進が妙に嬉しそうに笑った。「姫捨て山って、それはちょっと意味が違いませんか」

「で、どうなの。怪我は？　ちゃんと確かめなよ、平気？」

と江戸川ひろし。実際のところ、倒れたのはよく草の茂ったあたりで、ひじを擦った以外のキズはなかった。校庭に顔から突っ込んで前歯四本を折った過去を持つわたしにしてみれば、立派に受け身を取れたほうだろう。今日はやはり調子がよかったのかもしれない。

木の切り株に引っ掛けた足は、ちょっと危ないところだったけれど、じん、としたくらいで、ねんざしたわけでもなさそうだった。

「大丈夫、すり傷だけ」

「……じゃあ僕は、もうバンガローに戻っててもいいかな」

おずおずと口を開いたのは、大人しい桜井君だった。

そういえば今日はまだジャンプをしていないかもしれない。

山では博愛の精神が強くなるらしい中村草生が近づいて訊くと、

「どうしたの」

「目が痛くて」

右目を指差した。それを見た草生は、

「ひいっ」

と驚愕の声を上げた。その声につられて、みんなも一斉に視線をやる。わたしも見た。

桜井君が自分で指差したほうの目は、お化けのメイクでも施したみたいに、瞼が赤く腫れ上がっていた。

合宿から三十五年経って思い出すのは、その日、虫刺されなのか、ものもらいなのか、とにかく瞼を大きく腫らした桜井君が、ひとり救護班を自任する草生から、消毒と点眼と眼帯の応急措置を受け、ずいぶん早くから床についたことだった。

「これ以上、具合悪くなると困るから」

右目に眼帯をした桜井君は大げさに言い、だったら先生と中二トリオの使う小さなバンガローで休めば、とみんなが何度勧めても、

「それはさびしい」

と言って譲らなかった。ひとり隅にマットを敷き、寝場所を確保すると、自前のタオルケットをかけ、まだ明るいうちに就寝の姿勢になった。他の部員たちが、だらりんと漫画を読んでいるバンガローで、桜井君はずっと大人しく休んでいた。

共同炊事場での夕食には一緒に参加したけれど、いよいよ食後のお楽しみイベント、

「ファイヤー！」

「ファイヤー！」

「ファイヤー！　ボーカルのアロンの恋人になるのは、十五歳の妖精、ダイアナ」

「ライバルのバンドは、メンフィス代表、ブラック・ブラッド」

「『それは明日考えよう』」

みんなが妙にはしゃいで、水野英子のロック漫画、繊細なボーカルのアロンが美しい

『ファイヤー！』についての知識や名シーンのネームまで口にしながら、ひとり数本ずつの小さな花火をして遊ぶころには、

「疲れるといけないから」

桜井君は先にバンガローに戻った。

やがて花火が終わり、周囲の闇が濃くなって来ると、カップルたちがそわそわしはじめた。

「今日はもう自由時間だね」

「何時まで？」

「えっと、シンデレラリバティ？　0時まで？」

「まさか、そこまでは」

「さあ、いいからチークタイム」

ランタンと懐中電灯が多く用意されているぶん、山道のそばでも、肝だめしのときほどの怖さはなかった。事前に怖い話も聞かされなかったし、自分からわざわざ山奥へと進まない限りは、あとはこの近辺から、もうなじんだバンガローの側へ戻ればいいだけのはずだった。それにここがこの合宿、最後のカップリングタイムだ。当然ながら気持ちがはやる。このままあぶれることを思えば、そちらのほうがよっぽどの恐怖……というのは大げさにしても、なにも起こらなければやっぱり寂しい。一足早く、夏の終わりを迎えるよう

で切なかった。

池田進と中村草生がくっついている。ジュンの願いもむなしく、中三の可愛いふたり、阿部森と小早川も消えた。ジャック大越が矢倉さんを膝にのせ、腰に手を回し、頰に唇を近づけている。しまった、さっき拒絶しないで、素直に抱きとめられていればよかったのかもしれない。中二のお子さまトリオは、目の毒とばかりに先生が早々に連れ帰った。ジュンと江戸川ひろしは、きっとそういう仲ではないはずだけれど、ふたりで話している。

「おーい、おーい」

他に誰かいないだろうか、誰がいただろうと思いながら、切り株で転ばないよう、足元を照らしてゆっくり行く。洗い場の裏手にある、小さな木の陰にぼうっと白いふたりがいた。阿部森と小早川だった。ふたりがカップルなのはよくわかっているけれど、まだ中三。キスで気が済んだら、一緒にバンガローに戻るような気にならないだろうか。そんなことをふと思い、どこかよそに避けて待つでもなく、ついぼんやり立って見ていると、顎が小さく、目のきつい阿部森がこちらを見返し、自分の顔の前に右手の人差し指を立てた。

「おしおきしますよ、少佐」

その指でこちらの胸を、つん、と突く真似をしたから、わたしはびくんと飛び退いた。阿部森の冷たい笑い声が聞こえる。怖い。後輩なのに。とにかく一緒にバンガローに戻って、トランプやしりとりをするつもりはなさそうだった。

ジュンは例の手帳と鉛筆を構えてしゃがんでいる。江戸川ひろしにも、男色相関図の取材をしているらしい。そこに加わる気にもなれず、わたしは先にバンガローに戻ることにした。

ここでも怖さよりも、泣きたい気持ちが勝っていた。

林間の暗い道を下る。

ランタンがひとつだけ灯ったバンガローでは、桜井君が休んでいた。

「お帰り、少佐？　早かったね」

ほんの一瞬だけ頭を上げると、眼帯の桜井君は言った。

「うん、大丈夫？　具合どう？」

「平気。疲れないように休んでるだけだから」

「そう、あ、寝てていいよ。ひとりで漫画読むから」

「うん」

「ねえ、やっぱりちょっとだけ。漫画クイズしない？」

「いいよ、ちょっとなら」

「なんの漫画のせりふか当てて」

「うん」

「『なんとまあ…こわい夢のための添い寝が結婚』」

「大島弓子でしょ。『いちご物語』かな」

「『文句があるならベルサイユへいらっしゃい』」

「ベルばら。じゃあ、こんど僕から」

「うん」

「んぺっと」

「なに、それ」

「んぺと、だよ？　足を後ろに蹴り上げて、太ももの裏に力こぶつくって言うの」

「……知らない」

「『がきデカ』」

やがてみんなが戻るよりも先に、わたしも寝てしまった。


翌朝早く、幼女のようにしゃがみながら、靴脱ぎで石を積んでいる矢倉先輩を見た。あと何時間かで出発するだけなのに、三つと三つ、二山に分けた石の片側に、合計で七つめになる平たい石をのせたところみたいだった。

「矢倉さんだったんですか、それ」

声をかけると、

「うん」

と、こちらを見てうなずく。そうかあ、やっぱり矢倉さんか、とひとり言のように答えて、わたしはまた目をつむった。

これで合宿の夜が、もう全部終わったのだと思った。

○

おにいさまからの三つ目のメモに気づいたのは、マットを片づけ、自分の私物をすっかりリュックに仕舞ってからだった。

あとは共用の持ち帰るものを、余力に合わせて分配していた。

「でっちり少佐ちゃん、もっと入るんじゃない?」

「えー、漫画もあるから、限界」

「そのバッグのポケットは?」

昨夜はずいぶん満足したのだろうか、相変わらず仕切り屋の役目をこなしながらも、珍しいくらいに刺々しくない中村草生に言われ、わたしはバッグの外ポケットを確かめたのだった。

前はおにいさまからの手紙を大切に仕舞っていたポケットだったけれど、ジュンたちにいじられてから場所は変更。そこにもうメモはなかったはずなのに、開けるとすぐ、小さな白い紙が見えた。

草生に見つからない角度とタイミングでその紙をつまみ出し、そっとバンガローの外に出てから読む。紙の白が、朝の木漏れ日をきれいにはね返している。

エピローグ　夏の終わりのト短調

1

出発前に炊事場に来て。

おにいさまより。

三つ目のメモには、そう書いてあった。

なんだろう、今ごろ。イタズラだろうか。字は似ているけれど。

……やっぱり、あの字に見えるけれど。

でも誰かの仕掛けた罠かもしれない。もうみんなに知られた話だったし、文面だって、考えればちょっと怪しい気がする。ここに来ての急な呼び出し。しかも指示にある、出発前、というのが、正確にいつのことなのかもよくわからない。

行かない。もういい。行くとジュンたちがそこにいて、ほら来たよ、ビューティ・ペアがお尻振って、と笑うのかもしれない。

行かない。もういい。行くと逆にそこには誰もいなくて、ひとりぽつんと、寂しい思いをするのかもしれない。

行かない。行かない。五分か七分か十分か、よくわからないけれど、そうやってずっとメモを眺めていて、

「ねえ、でっちり少佐姫、いつまでも外でぼんやりしてないで、少しくらいはみんなの仕事を手伝ったら？」

とさすがに機嫌のよかった中村草生にも叱られてしまったし。「あのさあ。山で気が利かないのは、それだけで罪だからね」

下山も間際になって、そんな小言までもらってしまった。

行かない行かない。とにかく行かない、とバンガローに入り、こっそりメモを仕舞うと、仕切り屋の草生に指示されるまま靴脱ぎの砂と小石を掃き出す。やがて小さなバンガローのほうから、すっかり身支度を整えた様子の岸本先生と、同じくリュックを背負った中二のお子さまトリオが現れた。

「よーし、こっちも揃ったら出発な」

一旦荷物を置くと、先生はほがらかに言った。六泊七日の山暮らしで、髪のぼさぼさ感やひげのそり残し具合、ひさしのようになった眉、ぎらっとした眼光など、よく見るとだいぶ野性味の増した外見になっている。「学年ごとに、よく人数確認して」

「はーい」

「ほーい」

「ういー」

と、まだあまり本気でない感じの返事が三つ。その時点ではバンガローの外を出歩く部員が多くいたからだろうけれど、いずれ全員がここに集まって、先生の言う通りに最後の人数確認をしたらもうおしまいだった。

誰がおにいさまなのか、完全にわからなくなる。

あと五分。

十分だろうか。

「ちょっとだけ」

「なに?」

「ちょっとだけ行って来ます」

たまらず言うと、わたしは赤いバッシュをつっかけ、バンガローを飛び出した。

「どこに?　おーい、姫、どこに?」

どこまでものんきな先生の声を背に、靴をきちんとはき直して走る。と、さっきから何度か管理事務所との間を往復しているらしい江戸川ひろしとジャック大越の新旧総務コンビが、林間の、向こうのほうから歩いて来るのが目に入った。

「あれ少佐ちゃん、どこ行くの？　トイレ？」

「おーい、転ぶなよ」

と手を振りながら言う。はーい、と答えて脇を通り抜け、かつてない勢いで長い段をのぼった。転げるように登山道へ出ると、両手を回し、バタバタと走る。

やっとついた共同炊事場に、人影はなかった。

あれだけみんなが遊んだブランコも、ぴたりと止まっている。

お手洗いのほうだろうか。

激しい息をつきながら見回すと、昨日つまずいた切り株の上に、なにかのせてあるのが目に入った。

茶色い小さな包みと、白い紙みたいだ。

慌てて近寄り、押さえにのせてある石を避けて、メモらしい紙を取り上げる。

そこには前と同じおにいさまの字で、
一緒に寝られなくてごめんね。

と書いてあった。

◯

D菩薩峠を下りるのに何時間かかったか、登りのときと同じように、わたしはやっぱり覚えていない。

そのかわりバンガローを出る直前、

「山であったことはすべて秘密。よそのやつらには、絶対に話さないこと」

ジャック大越からあらためて注意があったのを覚えている。

「すべてって、なにを言っちゃいけないの？」

ジーパンのポケットに銀玉鉄砲を入れた中二のひとりが、まだ甲高い声で質問した。

「すべてはすべて、全部」

とジャック大越。質問した中二の彼を手招きした。「たとえば林ちゃんが、大貧民でイカサマしたこと」

「そんなあ」

と林少年は不服そうに身をよじった。彼は負けの込んだトランプで逆転を願うあまり、いらないカードをおしりの下に隠すというイカサマをしたのだった。それがあっさりバレ、なに、あんた、それじゃあ心まで大貧民じゃない、とOBの金満さんになじられたのだ。

あれは一体、何日前だったろう。

「だからあれは、本当にカードがうしろに落ちてただけですよお」

「五枚も？」

白い肌にピンクのタンクトップを着た中三の美少年、小早川がにこにこと訊く。

「はい……五枚も」

中二の銀玉少年が苦しそうにうなずくと、小早川に寄り添った阿部森が、ふっ、と鼻で笑った。

「で、いつまで？　いつまでこの合宿のこと言っちゃだめなの？」

訊ねたのは、絶対そんな指示に従う気のなさそうなジュンだった。あるいはそれが秘密であればあるほど、ここで取材した情報にも価値が出ると考えたのかもしれない。

「それは、まあ、俺の目が黒いうちはダメだな」

ジャックはくりっとした黒目をさして、にんまり笑った。

「えー、長いよお、その禁止期間。前総務」

まさか本当に守る気だったのか、ジュンが鼻にかかった甘え声で言うと、大越先輩はますます笑った。

山ごもりに集中するため、『空手バカ一代』、マス大山に倣って片眉をすっぱり剃り落とした（と宣言していた）ジャック大越だったけれど、下山を前に、きちんともう片眉も剃り落としていた。「結局、マス大山もこうすれば簡単に山を下りられたんじゃないかな」と自身のその対処法には、かなり満足している様子だった。そのせいでなんだかぼんやり、しまりのない顔にはなっていたけれども。

「よし、じゃあ行くぞ」

先生の号令のもと、忘れ物がないのを確認して、いよいよバンガローを出る。

六泊七日、ごちゃごちゃと物を持ち込み、コミックスを並べ、アジトのようになっていた広い山小屋が、本当になにもなくがらんとなったのが不思議に見えた。

食糧のぶんは軽くなったけれど、やはりたっぷりと漫画が入った重たいリュックを背負い、水筒をかけ、帽子をかぶって山道を行く。

天気はよかっただろう。登りのときのように、突然雨に降られた記憶もない。

それでも登りと同じように、一度休憩はしたはずだった。道幅の広くなった一帯で、荷物を下ろして。

あと何時間かで離れるのを惜しむように、またカップルたちがべたべたしはじめたのだ。ふたりずつになって、手を取り合って。

そうする相手のいないわたしは、もちろん寂しく横目で見ていた。

唯一、心を暖かくしてくれたのは、さっき共同炊事場に置かれていた、おにいさまからのプレゼントだった。

もしわたしが行かなければどうするつもりだったのだろう。そのときはこっそり回収する手筈だったのか。とにかく茶色い包みの中には、わたしの大好きな少女漫画家のイラスト詩集が入っていた。

オレンジ色の箱入りの、小さなイラスト詩集だった。

もうなにも入らないはずだったリュックに、それはそっとしまってある。

買おうかどうしようか、何度か悩んだ末、結局買わずにいた本だから余計に嬉しかった。ほしい、と口にしたことはなかったと思う。でも、部のみんなでよく利用している渋谷の書店の漫画売り場で春先に見た記憶はあったから、そのときほしそうな表情をしていたのを誰かに見られてしまったのかもしれない。

それを覚えていて、ちゃんとくれるような人物がいた。その人がおにいさまでよかったと思った。


登りの道では中村草生の先導で、クイーンの「手をとりあって」を歌って歩いたけれど、下りはジャック大越が先頭で声を上げた。

赤塚不二夫原作のギャグアニメ、『もーれつア太郎』に出て来る毛虫のキャラクター、ケムンパスが仲間の毛虫を呼び集めるときの声だった。

ケムーン、パスパスパスパス。

ケムーン、パスパスパスパス。

ちょうど背の高い木々の間を抜ける道でその声が前から響き、わたしもうしろにつなぐために大きく声を張り上げた。輪唱のようにうまく、その声がつながったのが耳に残っている。

ケムーン、パスパスパスパス。

ケムーン、パスパスパスパス……。

2

三十五年も前の合宿について、今になってこんなふうに書くことになるとは、正直夢にも思わなかった。

ただ、D菩薩峠の夏はその年、確かにそうやって終わった。

「あおい学園」の漫画研究部、当時伝統だった夏の合宿は、とにかく漫画をぎっしり詰めたリュックを背負って山に入り、電気も水道もないバンガローで、ただただ一週間を過ごすのだった。

なんのために、と問う者はいなかった。そうすることで熱心な漫画読みと、何組かのお熱いカップルを作って山を下り、学園に戻る習わしだった。

誰ともカップルになれなかったわたしは、やはり漫画読みのほうになったのだろう。もともとその部に入ったのは、中一の三学期、暇なときに勧誘のポスターを見てなんとなくだったはずなのに、結局、高校卒業まで部活はやめず、休み時間にも放課後にも、自習時間にも漫画を読み、部誌の係から依頼されれば、ボーイミーツガールにもならない、数ページの地味で稚拙な作品をときどき描いて発表した。部内の流行語になった「神父さまを殴るなんて！」につづき、オフセット誌「熊ぽっこ」掲載の次回作でも「ふっ。それは精神《こころ》の男色さ」という素敵なせりふを生み出したカンプグルッペ・アムール、池田進とは違う。

なのに一年浪人して入った大学でも、なじみがあるからとなんとなく四年間漫研。そのあとは漫画雑誌を作る出版社に就職して、八年間ほど編集者をしていた。つげ義春先生の新しい原稿が部内にあり、興奮して読ませてもらったのを覚えている。多摩川の河原で拾った石を、そのまま河原で売る（けれどもちろん売れない）という話だった。そんなに好きなら、と担当者が写植貼りを手伝わせてくれたから、その頃のつげ義春作品のいくつかの写植は、わたしが貼った。今も自慢にしている。

そういえば当時、「あおい学園」同級生の結婚披露パーティに珍しく招かれ、

「へえ、そうなんだ」

わたしの職を聞いた友人が、べつにからかうふうでもなく、

「一生漫画なんだね」

と、むしろ感心したように言ったのを覚えている。サッカー部だったその友人は、

「あの漫研、ホモとおかましかいないって言われてたよな」

と教えてくれた。実際そんなことはなかったけれど、陰で言われていたのは本当だろう。

高二か高三の進路指導表の将来なりたいものの欄に、イギリス王女、と書いて出した覚えがあったけれど（担任は面接で、あ、そう、と簡単に言った）、そうなるのはなかなか難しそうだった。

わたしたちの学年のベストカップル、池田進と中村草生は、高一の合宿後もしっかり交際し、部室でいちゃいちゃし、べたべたし、徐々に険悪になり、翌年の春先にまた喧嘩別れをした。

デジャビュかと思った。

が、もっと驚いたのは高三になってまたヨリを戻し、別れ、それぞれべつの地方国立大学に進んでからも、またくっついたり別れたりを繰り返していたことだった。

「腐れ縁ですかね」

仲直りしたときの池田進は、決まって自嘲気味にそう言った。あとは「割れ鍋に綴じ蓋ですよ」とか、「いや、これはもうお神酒徳利と言われても仕方ありませんね」とか。

会うタイミングがいいのか悪いのか、高校卒業後に連絡を取ると、池田進はだいたいそうやって草生と交際中だったから、わたしはあの夏の「おにいさま」が、本当はやっぱり池田だったのではないかと確認する気にもなれなかった。またどこかから、いきなり草生の鋭い爪で襲われたら怖い。

ただ一度、他でもないその夏にもらった小さなイラスト詩集をぼんやり開いていた夜更けに池田から電話がかかり、

「今ね、ちょうど池田にもらった『小幻想』を読んでた」

とつい言ったことがある。

「しょうげん？」

「『小幻想』。大島弓子の」

「ああ。あげましたっけ？」

「うん……」

と答えると、電話の向こうでけたたましい笑い声がして、

「ちょっと代わりますね」

「誰？」

「でっちり少佐姫ー、相変わらずでっちりなの」

ずいぶん酔った中村草生が出た。わたしと池田進は社会人になり、草生は大学院に進んでいたころだった。

中村草生と話したのは、今のところそれが最後のはずだ。でも三十歳を前にシベリアの大平原で首をつったといった話は聞かないから、きっと今も元気に暮らしていると思う。

大学は法学部を出、半導体を作る会社の法務部の社員になった池田進は、わたしが小説

家になって賞をもらったときの受賞パーティにも来てくれた。

「姫。誰かをモデルにして小説を書くと、どんなに内緒にしても、相手には必ずバレるって言いますよ」

と、そのとき嬉しそうに教えてくれた。

「え、そういうもの？」

「そう言いますよ」

「本当かなあ」

「気をつけたほうがいいみたいですよ」

「そうかなあ」

半信半疑でうなずいてから、十年以上になる。

ここ数年は、季節の便りにお互い「元気？」と短く書くばかりのやり取りになっていたけれど、今年の池田進からの年賀状にはめずらしく、

「漫研の話、どきどきしながら読んでいますよ」

と長く書いてあった。

8ミリカメラと無駄な議論の好きな江戸川ひろしは、スポーツ新聞社で記者をしている。

おとなしい桜井君は漫研の同学年から、ただひとり東大に進んだ。「あおい学園」全体

としては主流になるコースだったけれど、とにかくそっち方面に知人がいなかったから、残念ながらその後の消息は知らない。

男色評論家のジュンには、まだ編集者をしている頃に一度会った。

従業員が一万人くらいいる会社の本社人事部に勤めていて、もうじき結婚するのだと言った。なので都合を訊かれて式に招かれるのか、一度相手に会ってほしいと頼まれるのかと思えば全然そうではなく、

「本、もらってくれないか」

といきなり自宅に呼ばれたのだった。

「本？」

「邪魔だから、引っ越しの」

「あー、いいけど」

休日、都下のひとり暮らしのアパートへ招かれ、好きな本を選ばせてもらえるのかと思って行くと、これもまた違った。

わたし用の本はもう大きな紙の手提げ袋に入っていて、福袋のように口をガムテープでびっちり閉じてあった。

白い袋にはマジックで大きく、「小笹」と書いてあった。

「これ。持って帰ってよ」

袋は二重になっていて、持つとずいぶん重かった。

「中、見ないほうがいいの?」

「うん、帰ってから見て」

「わかった」

そのまま追い返されるのかと思えば、さすがにそんなこともなく、近所にいいお店があるから食事に行こうと誘われた。半地下にビリヤード台のある薄暗いレストランだった。

「そういえば前総務、テレビ出てるだろ」

ビールのグラスを合わせると、ジュンが言った。

「ジャック?」

「そう。ジャック。街のうまい店を紹介するやつ」

「うん。見たことある」

「なんだ。知ってたのか」

ジュンは言った。ビューティ・ペア、という勝手な古いあだ名を使うのをやめてくれていたけれど、かわりにどう呼べばいいかまだ決めかねているふうだった。「冷凍食品なんかもプロデュースしてるって?」

「うん。買った。丸く顔写真がついてるの」

にもいた。

「ジャック先輩の顔、うちの冷蔵庫にあるよ」

大越乃武夫、という本名でテレビに出ているジャック大越は、その通り、うちの冷蔵庫にもいた。

でも学校を卒業してから、本人には会っていない。部の活動を長く一緒にしたわりに、学年が違うともうなかなか会わないものだった。

文化系のクラブだからなのか、単にわたしたちが薄情な生徒だったのかは知らない。とにかく、巻き毛でそばかすの矢倉さんにも、ぽわんと可愛い小早川にも、美形でこわい阿部森にも、銀玉のお子さまトリオにも、同じように会わなくなった。

「もりは、なんか女の雑誌に載ってるの、一回見たことあるな」

とジュン。

「ボーイフレンド紹介みたいのでしょ。わたし、三回くらい見たことある」

「わたし、か」

ジュンはぎゅっと鼻に皺を寄せた。

「こばとは付き合ってないのかね、もう」

「あの山だけだろ、普通」

ジュンは呆れたように笑った。

「買ったのか」

地元だからおごってやる、と食事代を払ってもらい、ジュンとは店の前で別れた。駅近くのお店だった。

本の入った、ずっしり重い紙袋を提げて帰宅し、三日ほど放置してから封を剝がすと、『同性愛』『ゲイ　新しき隣人たち』『オトコノコのためのボーイフレンド』……そういったタイトルの本ばかり十五冊から二十冊ほど、ぎっちり詰まっていた。男子同性愛に関する、入門書や真面目なハウツー本ばかりだった。どれも真新しい本ではなかった。

どうして捨てずに取っておいたのだろう。こういった本を。それで、どうしてわざわざわたしにくれたのだろう。

ジュンはむかしから、独善的でわかりづらいところがあるから、と納得しかけて首を振った。ずっと自分のことに精一杯で、人の悩みになんて少しも気づけなかったのかもしれないと思った。

美食家、大越乃武夫の訃報は、インターネットのニュースで知った。

今から三年くらい前だ。まだ十分若いのに闘病の末の死だった。

葬儀の日時と場所、喪主なんかの書かれた短いニュースの下に、公式のサイトがリンクされていた。飛ぶと、これまでのお礼を述べる短い文があり、あとはよくテレビで見た大越乃武夫本人の人なつっこい笑顔の写真が、ほぼ画面いっぱいに映し出されていた。

その隅に横書きで「大越乃武夫」の署名。

さらに、ＪＡＣＫ、と英字で力強く添えてあったから、わたしは懐かしく目を細めた。

あのＤ菩薩峠の広いバンガローの中、大きな炎が揺れるランタンの下へと引き戻されたのは、間違いなくそのときだった。

ずっと誰からも愛されないかもしれないと怯えていた十五歳のわたしと、その数少ない大切な友だちのことを、それからしばらく思い出していた。

初出　「波」二〇一三年十月号〜二〇一四年十一月号

装画　中島梨絵
装幀　新潮社装幀室

著者紹介
1962年福岡県生れ。千葉大学教育学部卒業。95年「午後の時間割」で海燕新人文学賞を受賞しデビュー。98年『おしゃべり怪談』で野間文芸新人賞、2000年「夏の約束」で芥川賞を受賞。主な著書に『ルート225』『主婦と恋愛』『中等部超能力戦争』『少女怪談』『親子三代、犬一匹』『ネバーランド』『願い』『君のいた日々』『時穴みみか』などがある。

D《でぃー》菩薩《ぼさつ》峠《とうげ》漫研《まんけん》夏合宿《なつがっしゅく》

発　行……2015年10月30日

著　者……藤野《ふじの》千夜《ちや》
発行者……佐藤隆信
発行所……株式会社新潮社
〒162-8711 東京都新宿区矢来町71
電話 編集部（03）3266-5411
電話 読者係（03）3266-5111
http://www.shinchosha.co.jp
印刷所……二光印刷株式会社
製本所……大口製本印刷株式会社
乱丁・落丁本は、ご面倒ですが小社読者係宛お送り下さい。
送料小社負担にてお取替えいたします。
価格はカバーに表示してあります。

ISBN978-4-10-328522-9　C0093